世界で
いちばん
透きとおった物語

The clearest story in the world
Spring Limited Edition

焚盡一切寂寞與悲傷
人沿著透明的軌道前行
落葉松　落葉松　越發綠了
雲朵漸次捲曲發亮
我踏著明確的腳步彎過路的轉角

——宮澤賢治〈小岩井農場〉

世界上
最透明的故事

杉井光

簡捷—譯

第1章

「——假如用推理小說來比喻的話，那麼編輯就是收集大量證據、將它們統整起來的偵探。至於校對者，就是負責審視所有證據，期望審判公平公正的檢察官，可以這麼說吧。」——霧子小姐曾對我這麼說過。她本身是位文藝書刊編輯，又是重度的推理愛好者，因此對於我心血來潮的提問，也給出了如此講究的回答。

「……那在這個比喻當中，作家又是什麼角色？」

「就是犯人了。」霧子小姐波瀾不驚地說道，我分不清她是在開玩笑還是認真。

「霧子小姐，妳之前不是才說過，作家和編輯應該是共同合作的搭檔嗎……？」

「沒錯。在推理小說中，犯人要和偵探彼此合作，才能將一個故事塑造成形。」

雖然這麼說也不是不能接受。

但我起初只是用輕鬆的態度問她編輯和校對是怎樣的工作而已，真希望她給出個正常點的答案。

「不過，霧子小姐……如果按照這個說法，我不就變成被妳追捕的角色了嗎？」

「是呀，設下截稿期來追捕作家，也是編輯的工作之一嘛。」

她故作正經這麼說，害我不知該作何反應。

我決定用最大限度的善意解讀這番話，就當作她總是像搜查罪證一樣認真地為我考慮吧。

回想起來，我們明明認識了這麼久，至今我卻仍無法理解深町霧子這號人物。

第一次見到霧子小姐是在我高二的時候，她為了和我母親商談工作上的事項而來到我家。

我母親是自由接案的校對人員，而霧子小姐則是會向她發案的S出版社編輯。

「抱歉啊燈真，在我們家討論會比較省事。」

我困惑看向道歉的母親，又看向朝我遞出名片的霧子小姐。

「燈真你好，打擾了。因為相關資料都放在這裡，我和令堂最後決定在府上討論可能比較方便。」

聽母親說這位編輯才剛畢業進公司第一年，我很驚訝。她確實年輕，但是——卻有著不尋常的風采和氣度。

「聽說在S出版社，新進畢業生立即被分配到文藝部門相當特例，很厲害吧。」

母親自豪地說著，好像這是自己的事蹟一樣。霧子小姐有些不好意思地笑了。

穿起西裝褲十分合適、禮數周到又毫無破綻的才女——這樣的第一印象確實沒有錯，但那也只不過是霧子小姐的其中一面而已。

「我在面試時坦白說了，我並不是只求進入S出版社就好。我想當的是文藝書刊編輯，要是被分配到其他部門，我會立刻辭職尋找下一間出版社。原本以為會被刷掉，但最後我拿到了內定名額，聽說是出於社長的個人意見。我非常幸運。」

能夠輕描淡寫地說出這種話來，這個人簡直就像是一輛只缺煞車的高檔名車。

從那之後，霧子小姐開始頻繁造訪我家。我家離S出版社很近，走路只要十分鐘左右，因此當遇到只需要編輯和校對雙方進行討論的時候，由霧子小姐親自拜訪我們家是最有效率的。當時母親雖然曾向我道歉，但這對我來說也求之不得，因為和霧子小姐說話的機會增加了，也得以和她培養起不錯的關係。在她們開會開到太晚的日子，我們三個人也會一起共進晚餐。

對於完全不和別人交際的母親來說，霧子小姐是唯一一個與她關係親近的人。話雖如此，卻也很難稱得上是她的朋友。她們倆的歲數差了一倍左右，而且幾乎只談工作上的話題。得空閒聊的時候也三句不離書，與工作話題分不出區別。她們只是編輯與校對的關係。

霧子小姐之所以用名字稱呼我們母子，也不像是因為關係親密，而是因為用姓氏稱呼容易混淆。

而我家母親之所以用名字來稱呼霧子小姐，多半也只是為了配合對方而已吧。我想不出任何一個詞語能形容這兩人之間不可思議的關係。

母親和霧子小姐彼此從不聊私生活的話題。

所以到現在，我也還不清楚。不清楚當時，霧子小姐對於我家複雜的內情究竟瞭解多少。

或許她打從一開始就知道了全部，只不過是隻字未提而已。她就是這樣的人。

我的父親名叫宮內彰吾，是位大名鼎鼎的暢銷推理作家。話雖如此，我一次也沒見過他。

因為我是婚外情產下的私生子。那是我的母親大學剛畢業、二十幾歲時的事。據說他們是在出版社主辦的派對上認識的。

我母親本來就是宮內彰吾的死忠書迷，他們聊得相當投機。

宮內當時已有妻小，但他是位公認外貌英俊、出手迅速的花花公子，兩人立刻發展成男女關係。

後來究竟是沒有避孕、還是避孕失敗，我實在不好意思問母親，總而言之——

幾年後，我母親懷上了孩子。

「我會獨自把小孩撫養長大，絕不會給老師造成任何困擾，也不會拿您的錢。」

不知為何，母親將她當初拒絕墮胎時對宮內說的這句話，一字不漏告訴了我。老實說，我真希望她那時至少收下撫養費，也比什麼都不拿來得好。我們家的生活雖然稱不上貧苦，但錢這種東西總是不嫌多。

「錢」被排除在這段關係之外，母親是不想成為他的「情人」嗎？還是想保有與金錢無關、純粹的戀愛關係？挖掘親生母親這方面的過去確實令人不適，但人類天性如此，無論多努力阻止自己去想，各種想法仍然不由自主浮現在我的腦海。

總之，母親和宮內彰吾分了手，工作也改為自由接案，開始獨力撫養我長大。

母親她沒有能依靠的親戚，可以說是個孑然一身、孤獨無依的人。一直到很久以後、認識霧子小姐之前，母親都沒有半個親朋好友，她從來不出去遊山玩水，總是窩在家裡面，生活中除了閱讀工作上的小說校對稿之外，就是在空閒時間閱讀她喜歡的小說書籍。即使到了我升上小學，學會煮飯洗衣、慢慢開始負責一些家務之後，母親也只是增加了她閱讀的時間而已。

這麼回想起來，我好像從來沒見過她咳聲嘆氣、火冒三丈、痛苦悲傷的樣子。這未免太不合常理了，可能是我下意識篡改了自己的記憶吧。是不是因為她已經不在人世，所以我只想留下她純淨無瑕的記憶，把那些髒汙的部分全部捨棄？

居然只想得起她微笑的模樣。

而我也一樣，從來不交朋友、不出去玩樂，也不參加社團活動，放學之後馬上回家幫忙做家事。

該怎麼說，我總覺得自己要是有了其他比母親更重要的東西，就是有愧於她。

我只剩下母親一個人，而母親她多半也只剩下我一個人了。

我們潛入書海之中，兩個人靜靜過著日子。

我們的小說品味完全不同，母親喜歡推理和歷史、時代小說，而我小時候愛看奇幻小說。

兩個人都是書蟲，但喜好範圍並不重疊，我總覺得這是恰到好處的親子關係。

推薦對方平常不看的書，不懂其中趣味時對方抱怨完會解釋給你聽，這樣的距離剛剛好。

除了分擔家事之外沒有任何要求，從來不作多餘的干涉，但也不會疏於照顧。

我想，我們母子之間相處得算是相當融洽。

至於幸不幸福——如果有人這麼問，我無法斷然點頭肯定。

我在生活上沒有任何不滿。如果母親看起來很幸福，那麼或許我也能抬頭挺胸地說自己幸福吧。

但是，每一次母親朝著我露出淡淡笑容的時候，總是讓我沒來由地感到哀傷。

並不是因為她在強顏歡笑……

「哭臉和笑臉遭到對調的人」，我想我會這麼形容她，大概是被神明對調的吧。

話雖如此，還是個孩子的我也無法為她做到什麼，光顧好自己就用盡了全力。

再加上我十歲的時候不幸罹患重病，在醫院住院一陣子、經歷過無數次反覆檢查之後，還不得不接受相當困難的腦部外科手術。

「我們準備採用的叫做光化學動力療法，不用想得太複雜，簡單說就是使用雷射光的一種新式治療技術。」醫生這麼對我們解釋道，可是我聽不太懂，陪在一旁聽著的母親感覺也似懂非懂。她看起來苦思冥想了許久，才決定要簽下同意書。

手術雖然十分順利，但由於後遺症的關係，有一陣子我的眼睛完全看不見了。

好像是因為手術部位剛好在視神經附近的關係，醫生告訴我們這不是什麼嚴重後遺症，過不久就會自然恢復。但我深陷於不安的深淵，擔心自己以後就這樣永遠看不見東西。我想，這算是我最麻煩母親的一段時期了吧。母親片刻不離地在病房裡陪伴著我，照料我的三餐、大小便，安慰我、鼓勵我，還念了好幾本書給我聽。當時，她的工作好像也是在病房裡完成的。

過了兩個禮拜左右，我的眼睛終於能看見東西了，模糊的視野一點一點恢復。母親顯得比我還要高興百倍，她雙手捧著我的臉頰，喃喃說著「太好了、太好了」，眼眶裡泛起淚水。即便是在哭泣的時候，她臉上也帶著平時熟悉的微笑。她只在高興時才流得出眼淚。

所以，也唯有在悲傷時才笑得出來。我對她很抱歉，要不是有我這個負擔，她還能活得更輕鬆。

然而最後，這場手術還是留下了後遺症，我看書的時候眼睛會感到刺痛不適。日常生活幾乎都沒什麼問題，只有在讀書的時候很不舒服。

可是閱讀這件事，幾乎占據我人生的全部。

叫我不能讀書，簡直等於叫我去死。我拚命嘗試各種方法，眼鏡、眼藥水，或者按摩……

不可思議的是，在電腦或手機螢幕上閱讀文字，竟不會對我的眼睛造成負擔。

我嘗試改看電子書籍，發現可以正常閱讀沒有問題。雖然更喜歡紙本書，但我別無選擇。

自那時開始，母親將我喜愛的所有書籍又重新買了電子書的版本，一本不漏。這實在太浪費錢了，何必做到這個地步呢。

但母親卻說，這是為了閱讀喜歡的書，所以一點也不浪費。

我在金錢、身體、精神層面都造成了母親這麼大的負擔，心裡過意不去，決定在工作上幫忙她。

校正、校閱簡單來說就是檢查錯誤的工作，所以再多看幾次也不會白費工夫。很神奇，校樣我讀得很順利。

「審視」比起「閱讀」更能精準形容校閱過程的關係吧，我也挑出了許多錯字。

好想趕快長大、賺錢支撐家計，好讓母親安養天年——仍然童稚的我這麼想。

母親供我讀完了高中。她告訴我，國立或公立大學的學費家裡也能出得起，但我連大學考試也沒參加，一畢業就去書店打工了。

「如果是經濟上的考量，我們家一直都還過得去呀，燈真你不用擔心這種事。」

「不是，我沒有那個意思。我只是沒有什麼特別想念的科系，而且也很喜歡在書店工作。」我老實這麼回答。凡是跟書本有關的工作，其實做什麼我都無所謂。

對自己未來會長成什麼樣的大人還毫無概念，我就這麼迎來了十八歲的冬天。

那是二月上旬，一個氣溫驟降的陰冷雨天。打工時段結束，我回到書店的員工休息室，發現智慧型手機裡留有一通來電紀錄，是陌生號碼。打開語音信箱裡的留言一聽，一名自稱是警察的男人在裡頭錄下了訊息：請問這是藤阪惠美家人的電話嗎？今天下午四點左右的時候，藤阪惠美女士她騎乘腳踏車，經過××區時遭到卡車衝撞……請您立刻趕到××醫院一趟……

我顧不得例行下班流程，立刻衝出書店，也忘了帶傘，渾身溼淋地搭上電車。我來到醫院，在醫院地下室裡見到了母親。遺體乾淨完整，母親並非被車輪輾過而喪命，而是被卡車撞飛、倒向地面時運氣不好，傘骨不幸刺中了致命部位。是我的母親，藤阪惠美沒錯。

我無比清晰地這麼告訴警察，連自己都毛骨悚然。但一回到走廊，我便一動也不動地癱軟下來。

明明身在建築物當中，我卻覺得大雨下個不停，地板逐漸被冰冷的雨水淹沒。警察和護理師一個又一個走過來，似乎對我說了些什麼話。

那些詞句全都像零星雨點般滑落意識表面。

不知過了多久，有隻手放上我的肩頭。抬起臉，是位身穿西裝的年輕女性，是霧子小姐。

燈真，你這樣會感冒哦。先回家去，吃點東西、泡個熱水澡，好好睡一覺吧。

那之後的事，老實說我沒什麼印象，因為最辛苦的部分，幾乎都由霧子小姐替我代勞了。

這場車禍畢竟只是不具惡意的單純意外，因此只在本地新聞占了小小的篇幅。我們特地拜託報社，不要公開受害者姓名。

我沒有為母親舉辦喪禮，我們也沒有會來致哀的親戚熟人。

霧子小姐替我介紹了一位姓保科的律師，協助我處理了官司、保險、收取賠償金等等各項手續。

那些保險金和賠償金拿來繳清公寓住家的房貸之後，戶頭裡面還剩下一些錢。

我委託殯葬業者拋撒了骨灰。

「車禍受害者互助協會」這種社會團體我也聯絡過了，還與協助者進行了面談。他們推薦我參加諮商、定期交流會之類的活動，但我興趣缺缺，全都推拒了。

我母親的死亡被分解成了許多麻煩棘手的事項，一件件被代換為現實，成為幾份文書信件、幾個電話號碼、幾筆手頭上的現金。

「藤阪先生，你已經成年了，所以能夠接受的援助選項相對比較少一些。不過，假如你還有意願想讀大學的話——」保科律師是個古道熱腸的人，設身處地為我提供了各式各樣的建議。可是我心裡卻只有一個想法：幸好我已經滿十八歲了。

「沒關係。現在公寓的房貸也已經繳清，我可以繼續打工，一個人生活下去。」

我絕對不想被送到寄養家庭、或被收留進孤兒院。總而言之，我只想一個人待著。在一個人居住起來過於寬敞的二房一廳公寓，我展開了沒有母親的生活。母親的房間仍維持原狀，完全不是因為我想保留母親生活痕跡之類的理由，只是因為太麻煩了。母親是個做事仔細、愛乾淨的人，房間收拾得整整齊齊，當我需要存摺、契約書這些東西，總能輕易把它們找出來。

自從母親過世後，我一次也沒哭過。連自己都覺得，我這個人可能不正常吧。

我並不是不悲傷——理論上應該是這樣才對。這種感覺就像不斷被冷雨擊打，體表已經徹底冷卻，卻感覺不出身體的中心是否仍然溫熱，又或者已凍結成冰。

我是個冷血無情的不孝子嗎？

難道在我心裡，母親只是陪我一起生活的方便室友嗎？即使她不在了，我也同樣可以生活下去。

還是說關係過於親近的家人突然間死去，本來就會讓人變得這樣麻木不仁呢？過一段時間，我所該有的情緒也會逐漸滲透、流露出來嗎？

無色無味的罪惡感總是如影隨形糾纏著我。

若是能再表現得更顯而易見、更有人性一點，成天悲嘆度日、難以成眠、患上厭食症……

我就能作為一個上得了檯面的「遺族」，毫不羞慚、坦坦蕩蕩在人前露面了。

那場車禍之後，緣於書店方面的好意，我暫時停止打工，不過約三個月後就回到了崗位。

知道我為什麼停職的只有店長一個人而已，我拜託過他不要向其他店員透露。無論如何，我只想回歸到一如往常的生活。

回到家只有自己一個人，母親不在了，除此之外一切照舊。

洗衣和打掃原本便由我負責，現在煮飯也只能自己來，我一點點學會了烹飪。需求促使人成長。

在這樣日復一日過著日子的期間，我一點一滴、但確切無疑地，習慣了孤獨。彷彿我生來一直是孤獨一人。

《藤阪惠美》像一部似懂非懂的故事，我彷彿在讀完它之後，忽然間回過神來。那個人到底是怎麼回事？我忍不住這麼想。她是真實存在、有血有肉的人嗎？像她那樣一天又一天平穩漸進地磨損，最終無緣無故消散的人生，真的有可能嗎？或許我們一起生活的回憶，都只是我的妄想。

《藤阪燈真》這一部似懂非懂的故事，仍然在有氣無力地延續。睜開眼睛只有打工、讀書、打遊戲、看電影的日常生活不斷往復循環，日子有如空手挖掘沙丘、一點一滴削減它一般無謂，我的人生也會這樣漸行漸弱，最終在無形中消散吧。

但事情沒有變成那樣。父親的死亡，將我原本徒勞延續的人生鑿出一道裂口。

我在新聞網站上看到訃聞是二月初的事，當時母親過世正好剛滿兩年。即便看見「知名作家宮內彰吾過世，享壽六十一歲」的標題，我也沒有任何感觸，只覺得沒想到他還這麼年輕。根據新聞報導，宮內彰吾在五年前發現自己罹患胃癌，在那之後便長期與病魔對抗。報導中還附上了照片，看著他年過六十卻仍然充滿年輕朝氣的相貌，我回想起小時候母親說過的話。

好像是我念小學二年級的時候吧，宮內奪得知名文學獎，各大媒體爭相報導。「這個人就是你的爸爸。你看，他得了這麼厲害的大獎，報紙上、電視上都能看到他，是很了不起的小說家哦。看看他的五官，也和燈真你有點相像，對吧？」

我不想承認，但的確有點像。

我嘗試搜尋圖片。宮內自年輕時期開始就積極在媒體上曝光，因此網路上流傳著他大量的照片。

他剛出道時三十二歲的照片，真的和現在二十歲的我相似到惹人生厭的地步。這麼看來，他毫無疑問就是我的父親，至少在遺傳學上是。

但這沒有任何意義，因為我沒有被他認領。

當紅暢銷作家的遺產想必相當驚人，但我在法律上與他非親非故，所以一毛錢也拿不到。

我記得也存在ＤＮＡ鑑定等不需當事人同意的認領方式，但過程鐵定很麻煩。

要是他願意在遺言中提及我和母親的事，即使我保持沉默，或許也能自動拿到一點錢吧。

不過那種事不可能發生，宮內可是生下孩子後就把母親和我棄置不顧的男人。在情感上，他對我而言也是非親非故的人。

甚至在母親意外過世的時候，我也完全沒想過要通知宮內。

母親生前總說，宮內他還有妻子和小孩，為了不給對方造成麻煩，她一向不跟對方有任何牽連。

雖然她從前說過的那些話，指涉範圍應該也不包括她自己死後的事情就是了。

霧子小姐姑且打了電話給我。

『我聽說宮內老師過世了。燈真，你打算怎麼辦呢？你畢竟也算是他的兒子。』

根據她的說法，假如我有出席葬禮的意願，出版社方面可以替我做一些安排。

「不用了，我不會出席。我不認識他，而且萬一見到他的家人，也有點尷尬。」

『好，我知道了。不好意思，百忙之中打擾了。』

「謝謝妳。」我還是道了謝，掛上電話。霧子小姐沒說些「請節哀順變」之類的話讓我鬆了一口氣，我不希望對話因為毫不相干的人過世而陷入哀傷氣氛。但父親卻不是和我毫不相干的人——他介入了我的人生，以我全然無法想像的形式。

在我聽說宮內彰吾的訃聞之後一個月，一名自稱是我哥哥的男人打了電話來。

第2章

『你是藤阪、呃，燈真先生嗎？我叫松方朋晃，是松方、朋泰的——啊不對，應該說宮內彰吾，你聽過他吧，我是宮內彰吾的兒子。你們家……哎總而言之，我算是你的異母哥哥吧，這樣你聽懂了嗎？你知道我爸他不久前剛過世對吧，關於這件事，我有一些重要的問題想跟你談談，事情有點麻煩，所以希望能當面直接講，你能撥出個時間嗎？我們就約這週怎麼樣？』

那男人突然打電話來，劈頭就嘰哩呱啦說個不停，完全不給我任何機會插嘴。

宮內彰吾的兒子？果然是遺產的問題嗎？但是他怎麼可能知道我的電話號碼？總而言之，直覺告訴我事情可能變得相當麻煩，於是我小心翼翼地揀選措辭問：

「是遺產繼承之類的問題嗎？」

『那也是一方面，但主要還是另一件事，比遺產更麻煩，電話上講不清楚啦。你哪時候才有空？』

那個名叫松方朋晃的男人，講話的語氣越來越傲慢無禮，害我聽得一肚子火。

「這一週……可以，明天和大後天我休假，下午比較方便。」

『那就明天下午一點。你知道S出版社吧？』

那是經常找我母親校閱的出版社，也是霧子小姐任職之處。為什麼特地把我叫到出版社？

對方就這麼掛斷電話。我還無法消化這件事，緊接著換霧子小姐打電話來了。

『我是深町，不好意思打擾了。是不是有位松方朋晃先生打給你，說要談宮內老師的事？』

「有，他剛剛才掛斷……」聽我這麼回答，霧子小姐十分沉痛地嘆了一口大氣。

『責任編輯把燈真你的電話號碼告訴他了。』

「責編？咦，這是……什麼意思？剛才那個人也是作家嗎？」

『不是，不好意思，我說得不夠清楚。是敝社負責宮內老師的責任編輯。這明明是你的個資……』

「意思是，剛才那個人擅自聯絡編輯部，要求他們交出藤阪燈真的聯絡方式？」

他的態度肯定很蠻不講理吧。

『是的，我真不知道該怎麼向你致歉才好。要是我也在現場，就能阻止她了。』

認識至今，我從沒見過霧子小姐表現得這麼抱歉，聽得我反而想向她賠罪了。

「那個，我還搞不太清楚狀況，霧子小姐，妳那邊有沒有聽說發生了什麼事？好像是遺產繼承的事情，但為什麼要到出版社……」

『詳情我也不太清楚。就我所知，那位朋晃先生預計將繼承宮內彰吾老師的著作權，所以我想他要談的應該也和智慧財產權有關。至於燈真你跟這件事會有什麼樣的關係，我就無從得知了。總之請不用擔心，明天我也會和你一起出席的。』

整件事雖然令人莫名其妙，但能夠見到許久不見的霧子小姐，我還是很高興。

隔天中午，我徒步前往S出版社。S出版社離我家很近，母親生前忘記帶東西時，我也替她送過幾次，非常熟悉它的所在地。渡過飯田橋車站旁邊那座橋，沿著神樂坂一直往上走，然後向左轉，看見深灰色石磚風格外牆，就是出版社的建築群了。比起大樓，它們看上去更像巨大的倉庫。我走進寬廣的大廳，在櫃檯填寫了訪客登記表，對方便要我到三樓會議室等候。

進到會議室，已經有兩位女性等在那裡，是霧子小姐和一位陌生的中年女性。霧子小姐穿著淺灰色長褲套裝，長頭髮編成辮子盤起。另一位女性看上去約莫四十幾歲，穿著厚毛衣和長及腳踝的寬鬆針織裙，連鞋子都幾乎蓋在裙襬底下。

「燈真好，勞煩你跑一趟了。」

霧子小姐說著站起身來，替我介紹她身邊那位女性：這位是高梨小姐，是宮內彰吾的責任編輯。

「真的非常抱歉，我聽說兩位是兄弟，以為把電話號碼告訴他也沒有關係……」

高梨小姐惶恐又慚愧地不斷鞠躬道歉，我看了都感到可憐。

兄弟。這麼一說，血緣上確實是這樣沒錯。

話說回來，昨天還沒有餘力思考這個問題——但說到底，松方朋晃怎麼會知道我的存在？

難道宮內彰吾在遺書上寫了什麼嗎？還是他早就徹底調查過宮內的出軌對象？

「我實在不知道該怎麼向您賠罪……」高梨小姐仍然誠惶誠恐地縮著身體，令我於心不忍。

「沒關係，我真的不介意。請別再這麼說了，反正這看起來也是必要聯絡……」看她甚至想下跪表示歉意，我急忙這麼說。

「高梨小姐，既然燈真都願意既往不咎，還是到此打住吧。」霧子小姐也從旁勸解她，這下高梨小姐終於冷靜下來。她坐到椅子上，長嘆了一口氣，對我說：

「您長得和宮內老師實在非常相似，我總覺得自己像在老師面前犯了錯一樣。」高梨小姐說出意想不到的話。

「因為老師這個人生起氣來，脾氣就像烈火一樣暴躁……我也經常挨他的罵。」

「那個，不好意思。原來我的生父是那麼蠻橫不講理的人嗎？」我忍不住問道。之所以這麼問，是因為高梨小姐提心吊膽的態度，看起來簡直像長期遭受虐待一樣。但她一聽卻露出嚇一跳的表情，立刻回答：

「不，絕對不是這樣的，老師他是非常優秀的人！」她的聲音高得都快破音了。

「不用顧慮我的心情，他對我來說只是個陌生人。倒不如說，我反而想知道他這個人到底有多過分，畢竟跟我們今天要談的事或許也有所關聯。」我這麼說道。

高梨小姐眨眨眼，窺探了一下身旁霧子小姐的臉色。最後，她小聲娓娓道來。

「宮內老師其實並不是一開始就由我負責。在我上任之前，他的責任編輯已經換過三位，都接連辭職了，說是受不了老師嚴格的作風。例如在三更半夜也必須立刻替老師找齊資料，否則老師就會光火。取材旅行也是，老師常突然告知他這週就要出發，假如訂不到飯店，他就會暴跳如雷地叫我們自己去找。他總是帶著女伴同行，要找到符合他需求的住宿也不容易……」

說「嚴格」未免也太委婉了，這麼拐彎抹角的詞根本不足以形容他的行為啊。我聽完都抱歉到差點想向她賠罪，才想起我沒道理這麼做。我是想以兒子的身分致歉嗎？但我和宮內只有血緣相連而已，被道歉的一方也不知該作何反應吧。

「但老師他真的是個好作家。」

高梨小姐突然語調一轉這麼說，聽起來並不像是因為說了宮內太多壞話，才禮貌性讚美他兩句。

「他對自己的要求也相當嚴格，在最多產的時期，創作品質也完全沒有下滑。」

即便如此，他也不該假託「嚴格」的名目這樣使喚別人吧。

高梨小姐垂下肩膀，神色黯然地喃喃說道：

「要不是病魔纏身，老師一定還能創造更多傑作……我們實在失去了一位難得的人才……」

氣氛變得有點感傷了，我尷尬地看向時鐘。把我叫來這裡的傢伙怎麼還沒到？

又等了五分鐘左右門才打開，一個穿著浮誇紫色外套、約莫三十幾歲的男人走進會議室。

他先以眼神向高梨小姐致意，對霧子小姐投以好色的目光，最後狠狠瞪向我。

「哎呀實在不好意思，看來我遲到了一下。」

是昨天電話裡的那個聲音，松方朋晃比我想像中還要年輕。

那確實是張有點年紀的臉，下眼瞼鬆弛、肌膚上有斑點痕跡，但瞪向我的目光卻放肆又孩子氣。

「還真像我爸，像到嚇人。要是頂著這張臉去要求強制認領，我就傷腦筋啦。」

松方發自內心不悅地咕噥道。

「先說好啊，我老爸幾乎沒留下多少遺產，他老愛亂花錢，財產都揮霍光了。」

這次不再隔著電話，松方的聲音直接傳入耳中，泥巴般黏糊糊貼在耳朵內側。

明明初次見面，這個人卻沒有半句寒暄，眼神也充滿敵意。但那敵意的對象似乎並不是我，而是針對他死去的、不在場的父親。

「他連投資房地產都接連失利，目黑那棟唯一有資產價值的房子，也在很久以前離婚時就賣掉了。好像是當時手頭上沒有現金吧，為了分財產給我老媽，不得已就脫手了。要是聽完還想提起訴訟，那你請自便，但找律師也要花律師費喔。」

語氣和態度都相當傲慢，好像根本不打算博取好感、讓對話進行得更加順利。

「畢竟遺囑上沒提及你們家的事，遺體也已經火化，想鑑定也沒得鑑定。還有，我聽說你母親，惠美小姐是吧，也已經過世了？那就沒人幫你作證啦。哎不過，業界好像滿多人都知道這回事，你那張臉又長得跟老爸一模一樣，法院最後說不定還是會做出認領判決吧，但你也拿不到多少錢喔。如果明知如此，你還是想從我手上搶走一半的遺產，那我是不會阻止你啦。」

這個人話裡的尖刺太顯而易見，明顯到讓人懷疑他在演戲。霧子小姐皺眉說：

「松方先生，為了避免誤解，我想這方面的話題還是等到律師在場的時候，兩位改日再談。比起這個，我聽說今天您來到這裡，是為了談另一件更重要的事。」

松方有些畏縮地假咳了一聲。

「哎呀，是啦，話是這麼說沒錯。但藤阪先生最在意的還是遺產嘛，我才想先把這件事講清楚。」

「我不會自找麻煩提起訴訟。如果什麼都不做就能坐享其成，那我倒很樂意。」

因為對方實在太教人火大，我講話也不自覺變得尖酸了些。

不過，遺囑當中果然對我們家隻字未提嗎？

沒提到母親，沒提到我，也沒有任何承認親子關係的字句。但我原本就不抱這方面期待。

假如遺書上真的寫到相關事項，這男人對我的酸言酸語會再更過分一百倍吧。

「老師有沒有提到著作權方面打算如何安排呢？」擔任責任編輯的高梨小姐憂心地這麼問。

「別擔心，老爸一得知罹癌，就已經準備好把著作權交付給我的書面文件了。」

「原來是這樣。那麼今天您想討論的是──」

高梨小姐探出身子，試圖主持這場談話，松方卻打斷了她：

「也是關於這方面啦。結果，遺產裡面也就只有老爸寫的書還算有點價值，但價值也不如預期。」

「這……我們出版社也持續在安排再刷，但再刷量還是必須看業務部判斷……」

高梨小姐縮著脖子這麼說道。

「這我理解，老爸他自從生病之後，近幾年也沒好好寫書了嘛，這也沒辦法。」

我自己是書店員工，實在無法將這段消費往生者的對話斥為骯髒的功利主義。因為知名作家過世正是拓展銷量的機會，能擺設追悼專區，一鼓作氣將過去作品陳列出來，我們負責藝文書的同事也摩拳擦掌。

「我自己不看小說，所以是不太瞭解啦，但老爸他不算是什麼大文豪，寫的都是那種能拍成兩小時電視劇的小說吧？不是那種過了幾十年還能歷久不衰的名作。所以也不太可能因為他死了，以前的舊作就突然狂銷大賣、掀起熱潮什麼的。」

我一直以來也下意識迴避宮內彰吾的作品，但還是覺得他這種說法相當過分。

「不能這麼說，宮內老師創作的每一部作品都擁有無庸置疑的內涵與分量，禁得起時代的考驗！」高梨小姐振振有詞地說，語氣不像禮貌性的恭維，想必是無法忍受有人侮辱身為作家的宮內彰吾吧。可惜令人哀傷的是，我自己就在書店擔任店員，非常清楚事實站在松方朋晃那一邊。在我們書店，擺放在宮內彰吾追悼專區的那些舊作，在這一個月內幾乎沒賣出多少本。

「哎，我是不懂那些內不內涵的啦，但說起銷量，一般還是新書賣得最好吧？」

「確實存在這樣的傾向。可是宮內老師自從身體出狀況以來，幾乎不再提筆寫作了。得知自己罹癌的消息以後，老師一直都抑鬱寡歡，更不用說撰寫新作——」

「如果我說，其實有新作呢？」

聽見松方這句話，高梨小姐目瞪口呆凝視著他，霧子小姐也微微睜大眼睛。松方得意地說下去：

「假如有遺作，感覺應該會大賣吧？還真的有——正確來說，是『或許』有。」

松方從放在腳邊的手提包中，拿出一個大尺寸的褐色信封。

「我在整理老爸遺物的時候，找到了這個。」

信封上以油性筆粗大的筆跡，寫著幾個大字：「世界上最透明的故事」。是標題名稱嗎？

高梨小姐以緊張到極點的神情接過那個信封，臉上的表情卻立刻換成了失落。

「老師的原稿……在哪裡？」高梨小姐將目光再次轉回松方身上。那個信封完全沒有厚度。

「哎，這我也不知道。我找到的時候，這信封就空空如也了。」松方聳聳肩膀。這不就等於沒有新作嗎？還說得煞有介事。

松方轉動視線瞥了我一眼，從鼻子裡哼一聲，繼續說下去：

「各位也知道，我爸跟不上時代，原稿都用手寫。所以他開始寫作前，會先寫好信封用來分類。」

在這個年代還用手寫嗎？我以為只有相當高齡的文壇泰斗還在使用紙筆寫作。

高梨小姐畏畏縮縮地詢問他：

「您的意思是，既然找到信封，就代表老師他至少開始執筆創作這部作品了？」

「沒有錯。當然，我已經把老爸房間每個角落都徹底搜過一遍，但一無所獲。」

松方神情苦澀地這麼說完，從高梨小姐手中搶回那個信封，收回手提包裡。他以戲劇般誇張做作的動作展開雙手，揚起聲音說：

「不過，老爸他從以前就經常外出旅行，到處寫稿。旅遊途中、飯店旅館，還有女人家裡，都是他的創作地點。其中甚至有好幾本書，他自己還大肆宣揚說是在情婦家完成的。所以，接著就要說到今天為什麼特地請藤阪先生過來一趟了。」

話題無預警轉到我身上，嚇得我整個人用力抖了一下，椅子也跟著喀答一聲。

「我老爸是個到處留情的劈腿慣犯，外遇對象多到數也數不清，但搞到生小孩的只有藤阪惠美一位，這也顯示了他們之間關係有多密切。除此之外都是女公關、接待員、志願當作家的女大學生之類的，都交往不久，他和藤阪惠美之間卻持續了很長一段時間。所以說，《世界上最透明的故事》原稿是不是就放在你們家？你有沒有看到過類似的東西？沒有任何印象嗎？」

一番話聽得我啞口無言，一時說不出話來，不曉得該從何開始澄清這場誤會。

「……呃、那個，我媽媽和……宮內彰吾——先生，應該已經很長一段時間完全沒有聯絡了，至少在我出生之後都是如此。我根本見也沒見過宮內先生本人。」

松方嗤之以鼻似的搖了搖頭。

「那是騙你的吧。我很確定他們至少還有聯絡，因為你母親隔段時間就會匯錢到我老爸的戶頭。」

「……什麼？匯錢？咦、不是，這件事我完全不知情……為什麼要匯錢給他？」

「給正妻的賠償金吧？我老爸先墊付，惠美小姐再慢慢還。」

不無道理，我母親也是涉及外遇的當事人。

「你母親已經過世了吧，這不是檢查一下她的存摺就知道的事情嗎？你該不會沒檢查吧？」

松方不敢置信地問，我只得垂下視線。我怎麼可能有餘力去做這麼麻煩的事？

「而且，惠美小姐是做校閱的吧？負責檢查原稿嘛，所以老爸很可能把稿子放在她那邊。」

「以前我還會幫忙母親處理校閱工作，但我從來沒聽她提過任何類似的事啊。」

「她當然不會跟兒子講啊，那是不倫對象。」

說到這裡，霧子小姐突然從旁打斷松方，語調嚴正地問他：

「目前聽起來，這些都離不開想像的範疇。如果您握有其他證據，出版社或許還可能提供協助。」

她好像一直不著痕跡地試圖牽制松方？如果是顧慮到我的感受，那我很高興。

松方毫不露怯，咧開嘴笑了。

「當然，我的發現可不只是這樣，要不然怎麼可能特地跑一趟到出版社來呢。」

他接著取出一本破爛陳舊、充滿使用痕跡的記事本，攤開頁面展示給我們看。

上面寫著一些看似是年月日的數字，以及「殺意」、「復仇」這些危險字眼，後面緊跟著一個二或三位數字。高梨小姐立刻說：

「這是宮內老師的字跡。是他的……寫作紀錄嗎？這一行是《殺意臨界點》吧，日期和連載期間都能對得上。這是《復仇者的尊嚴》系列嗎？印象中的確是這個時期在報上連載，一次刊登多少字數的篇幅規定相當嚴格，我記得非常清楚。」

不愧是責任編輯，只看數字與簡稱居然能判斷是哪一部作品。松方也點點頭。

「沒有錯。老爸他雖然私生活這麼不檢點，但在創作方面顯然認真又仔細，記事本上也寫著出版時程、作者校閱之類的計畫安排。他還是個暢銷作家的時期，管理行程應該也不容易吧。然後呢，請各位看這裡。在五年前，第一次出現了《透明》這個書名。寫作斷斷續續，不過稿紙張數順利增加，最後在三年前已經超越了六百張。這應該超過一本書需要的張數了吧？」

「以稿紙張數算，這確實有長篇一冊以上的分量了。只是不知道完成沒有……」

「沒完成也無所謂，反正只要能出書就行了吧。既然是遺作，來不及寫完也很正常啊。總而言之，老爸他可是寫了六百張稿紙那麼多。那些稿子都到哪去了？」

高梨小姐張開嘴，又沉默了。

松方朋晃的主張從頭到尾都很過分。但也只是情理上教人難以苟同，邏輯上卻還是有他的道理。

「不趁現在老爸剛死，還有點話題熱度時趕快出書，到時想賣也賣不出去了。」

真的有夠過分。但立場始終一致，看著反而覺得他很老實。

反正宮內彰吾死後名譽如何，也與我無關。

「還有這裡，三年前《透明》那一欄寫著『校對？確認』，時間在六百張稿紙寫完之後。」

那一列上面，確實寫著「20＊＊／6／6・透明・622・校對？確認」。

「應該是原稿完成、送出去校對的意思。但我找了各大出版社確認，沒人聽過這份原稿。」

「啊——所以您才會猜想，老師應該是私底下找了人幫忙校對。」高梨小姐說。

「對，然後我就想起他有個情人在做校閱。」

松方的視線轉移到我身上。我嘆了口氣，看向那本記事本。

「事情就是這樣，所以藤阪先生，你能回家找找看嗎？原稿在你母親手上的說法感覺最為可信。」

「就算我母親真的替他校對，校對完也會交還原稿。稿子根本不可能在我家。」

我毫不掩飾不悅，如此回答。

「她說不定有什麼無法返還的理由啊。你就找一下嘛，找一下又沒什麼損失。」

松方對我說話已經完全不用敬語了……但我介意這種事，好像也沒什麼意義。

我也不想繼續被他糾纏下去，還是答應吧。先假裝找一下，再直接回覆他「沒找到」就行了——正當我這麼想的時候，松方說：

「當然，我知道這樣口頭請求，你一定不可能認真幫忙找，所以我會把這件事以工作的形式委託給你。本來就是我老爸請你們校對的嘛，因此找到原稿我會付校閱費，當然還會再加幾成。校閱一張的行情是多少錢啊？如果說我付五倍……」

松方提出了一個相當可觀的金額。他不給我任何插嘴餘地，緊接著告訴我說：

「無論最後有沒有找到原稿，只要你答應接受委託，我會先付一半的錢。講明白點，這就是和解金你知道吧。我一點也不想為了繼承問題跟你起糾紛，不想陪你玩什麼死後強制認領的麻煩遊戲。所以就是這筆錢我願意付，請你放棄遺產的意思。但假如真的用這種名目付你錢，你也不太樂意收下吧？不如就當成工作委託給你，如果這樣正好找到原稿，大家都開心嘛。」

這說法直白露骨到難以想像，壓根不知含蓄和禮貌為何物，我實在嘆為觀止。

「……那個，剛才已經說過了，我也不想自找麻煩，所以不在乎有沒有被認領。只是在家裡找找看而已，對吧？那我可以試試看，但請你不要抱太大的期待。」

我厭煩地這麼回答。松方說：

「你現在發誓，即使法院判強制認領，你也會放棄繼承權。在場有兩名證人，口頭約定也有效。」

原來這才是他找我到公司來真正的理由？為了在第三者面前和我談錢的問題。

「我會放棄。這樣可以了嗎？需要簽文件的話再請你準備。」

「可以了。備忘錄我等付款的時候再給你。」

松方和我交換了電子郵件信箱，再三叮嚀「後天記得先回報一下進度」，便離開會議室。

高梨小姐連忙起身追了出去，送客人離開。整間會議室的氣氛乍然冷卻下來。

霧子小姐親切地送我下樓。在電梯裡短短的三十秒鐘，說是我今天唯一的收穫也不為過。

「燈真，今天真的很不好意思。為了這種事情，居然讓你特地跑一趟過來……」

「不會，也不該是霧子小姐妳向我道歉呀。」

這是親屬之間的家務事，真要說的話也應該由我向她道歉。

「如果有我幫得上忙的地方，請儘管說。畢竟這件事跟小說有關，編輯的知識或許能派上用場。」

「謝謝妳，不過也只是在家裡翻翻找找而已。而且我想，應該不可能找得到。」

她不知為何露出悵然的表情。

「啊，從公司的角度來看，還是希望能找到原稿吧？畢竟會由S出版社推出。」

「……這麼說確實也沒有錯，但是……」霧子小姐輕聲說完，陷入短暫的沉默。

我這樣猜測她的想法，是不是太失禮了？在我忐忑不安的期間，電梯在一樓停下。當我們走到大門口，霧子小姐忽然再次開口。

「世界上最透明的故事……這書名很令人好奇。該怎麼說呢，不太像宮內老師以往的風格，畢竟老師他是警探辦案、犯罪懸疑類的名作家。會是戀愛小說嗎？我忍不住覺得，真的好想讀讀看這本書。不好意思，只是出於個人的一點私心。」

我離開出版社，沿著神樂坂的斜坡道往下走，霧子小姐的話一直在腦中盤旋。

第3章

趁著打工休假日，我花費整整一天，把整間屋子徹底找過一遍。我心裡也害怕看見不該看的東西，比方說，假如母親生前瞞著我，私底下和男人交往呢？萬一在翻找衣櫃或抽屜的過程中，找到什麼足以證明男女關係的東西，那我還是很尷尬吧。我沒有責備她的權利或理由，甚至和男人交往對她來說或許也比較好——儘管我理智上這麼理解，但那和心情也是兩回事。

幸好，我沒找到任何珠寶首飾、漂亮衣服，化妝品也都是些平價簡單的東西。也沒找到宮內彰吾的原稿。由於從事校對工作的關係，母親房間裡堆滿了各種書籍、文件，但即使被埋在這些紙堆裡，六百張手寫原稿應該也相當醒目才對。

原稿多半沒有被交到她手上。

一切只是松方朋晃，那個見錢眼開的男人單方面的想像。母親都說過她和宮內沒有任何牽連了。

但我想起松方朋晃說過一句令人在意的話：母親長期以來一直在匯款給宮內。

我把存摺全部翻出來，最早到七年前的存摺都仍保存完好。

在這麼大量的交易紀錄中，真的找得到嗎？

據松方所說，母親「隔段時間」就會匯錢給宮內彰吾。如果所言屬實，那應該不難找到。

指尖沿著收款人欄位的首字一行行滑過，我卻完全找不到「宮」開頭的項目。

松方撒了謊嗎？或是母親還有其他帳戶？也有可能她以現金形式把款項交給了宮內彰吾。

算了，反正那些錢都與我無關。還是尋找原稿吧，這才牽涉到與我有關的錢。

我找完兩個房間，接著又找過客廳、廚房。

到處都找不到。我疲倦地看向窗外，天色已完全暗下來了。

時序已是三月，氣溫卻完全沒有回暖。我放棄忍耐，打開暖氣，開始寫信通知松方沒找到原稿。

今晚吃泡菜鍋吧。我出門一趟採買食材，回到家時，智慧型手機剛剛好響起。

一看來電者，是松方打來的。

『你確定真的仔細找過了嗎？該不會隨便找一找，打算只拿一半的錢了事吧？』

「仔細找過了。我家又不大，要是有六百張那麼厚的手寫原稿，早就找到了。」

『……好吧，看來是不在你家了。能再幫我找找其他地方嗎？反正你很閒吧？』

「這話是什麼意思，難道說你還有其他線索嗎？」

『我才想問你呢，你一定比我更懂小說吧，畢竟是校閱者的兒子。老爸他交遊廣闊，有可能把原稿寄放在其他朋友那裡，也有可能還有其他我不知道的隱居處。要找出那份稿子，再怎麼說你都是比我更適合的人選吧，我也還有工作要忙。』

我每週到書店打三天工，也是有工作的人啊——這種話我還是別說出口好了。

『無論他是再怎麼有名的作家，翹辮子之後就算稍微有點討論度，過不久也會被群眾遺忘，所以我想趁他還有去世光環的時候趕緊出版啊。只要能推出一本話題作，舊作的銷量說不定也會被帶起來嘛。聽說出書最少也需要兩個月的時間？』

「也不確定它會暢銷哦，有必要那麼執著於這件事嗎？賺到的版稅說不定都不夠支付你要給我的那筆錢。還是放棄比較好吧……」

我說完才感到後悔，松方這麼貪得無厭的人，聽了說不定就不願意付我錢了。沒找到原稿也會支付一半費用——這說到底也只是口頭約定。雖然能請霧子小姐作證要求他履約，但這好像把愛錢的一面暴露在她眼前一樣，我不想這麼做。

『……我自己也有點想看啦。』

松方喃喃這麼說，我以為我聽錯了。他明明說他從來不讀小說，明明對自己父親沒有半點敬意。

『我想你應該也會同意，那個男人不是什麼好東西，就是個不折不扣的人渣。』

松方突然在這方面徵求我的贊同，我聽了只覺得不知所措。

我和宮內素未謀面，除血緣以外毫無關係。

『他幾乎從不回家，偶爾回家露個臉，就為了外面的女人跟我老媽針鋒相對，吵個沒完。』

我的母親也是其中一個「外面的女人」，我無話可說，只能保持沉默聽下去。

『還不只這樣，他瞧不起所有不看書的人，所以平常在家也幾乎沒聽他跟我說過幾句話。』

松方在話筒另一端不停發牢騷，我對他絕大多數的抱怨內容一點也不感興趣。明明不感興趣，卻在內心感受到某種共鳴。

並不是因為我們是同父異母兄弟，有一半血緣相連的關係。

即便過了很久以後再回頭看，我也從來沒有將名叫松方朋晃的那個男人視為兄長，一次也沒有。

只是，硬要說的話——父親在生命中「缺席」這一點，我們兩人都是共通的。

對松方而言，父親也缺席了。

『大概五年前吧，聽說他被診斷出罹患癌症的時候，我只覺得他活該去死……』

他的措辭偏激惡劣，顯得有些刻意為之，聽起來不像真心憎恨著自己的父親。

宮內彰吾這個人物對他而言太過遙遠、太難解，加之已經與世長辭，他再也無法當面責備那個人，只剩無盡的困惑和不知所措。

『可是如果本子上的記載沒錯，那份原稿就是老爸生前最後書寫的東西。得知罹癌以後他停止所有連載，也不再出版新書。但我在家還是偶爾看見他對著稿紙在寫東西，就是那份原稿吧。只有那份稿子他一直持續在寫，肯定有什麼內情。』

在欲望與業報盡頭病倒的作家，臨死之際最後的依託。世界上最透明的故事。

『雖然他從頭到尾無視我這個兒子的存在，但到了人生最後死到臨頭的時候，或許也會開始思考自己要留下什麼訊息吧？那可是人生最後一部小說喔？再怎麼沒救的人渣，應該也會稍微反省一下、想想要留下什麼給後世吧？比如對我和老媽道個歉什麼的……直接寫下訊息可能太彆扭了，但如果以小說這種形式，也許可以善用比喻之類的，表達他自己真正的心情……』

他的心聲如同鮮血，從陳年未癒的傷口滴滴答答漏出來，但我實在不太贊同。人在臨死前的心思有這麼單純易懂嗎？壽命將盡的人回顧自己這一生、誠心誠意地悔過這種事，難道不是生者單方面的期待嗎？假如橫豎都知道自己要死——不如像從前一樣自我地死去。

即使有人這樣死性不改也不奇怪。反正即將從世界上消失的人，不可能再被推上任何法庭審判。

——當時，我大可以對只有一半血緣關係、同父異母的哥哥這麼說。可是……

「……我知道了啦。那我再幫忙找找看，這樣總可以了吧？」

從我口中說出的卻是另一句截然不同的話。

「但是我手邊的線索還不夠。請你把那份寫作筆記交給我，然後讓我到父親的房間看看。」

在一陣短暫的沉默後，松方說：「好。」一聲音裡放棄與安心的情緒交相混雜。

那週週六，我搭車前往高輪。那是棟不起眼的六層樓高級公寓，距離車站約步行八分鐘。

「沒想到屋子這麼小巧，我還以為像宮內這種暢銷作家會住在更大的房子裡。」我還顧這間公寓住宅，坦白說出內心感想。

「所以我就說啦，老爸他沒什麼積蓄，錢幾乎都亂花光了。」松方朋晃煩躁地說道。或許因為今天休假，他穿著休閒的運動衫，看上去比上次見面更加年輕。

「東京都內好一點的房子，他手頭一拮据馬上就賣掉了。這間公寓也是租的。」坪數和裝潢都跟我家差不多。

「等遺產那些鳥事處理完，我也準備把這裡退租了。空間小，房租又不便宜。」十年前，宮內彰吾離婚，賣掉位於目黑的獨戶住宅，帶著兒子搬進這間公寓。松方朋晃說，他當時已是大學生了，不再是需要煩惱該跟隨父親還是母親的年紀，因此只考慮通勤方便，最後選擇與父親同住。

「老媽說她打算搬回千葉老家去，我也只能跟老爸住啊。剛離婚那陣子，老爸他也拚命寫了不少東西，畢竟還得支付賠償金之類的一堆開銷，不努力賺錢，家計就沒有著落。記得他三年內至少寫了二十本書吧，但我很少看到他在家寫作。」

「也就是說，你對他自家以外的寫作地點毫無頭緒囉？比如說，租賃辦公室？」

「要是有頭緒，我早就去找了。他以前在輕井澤和熱海都有別墅，但發現罹癌之後全都賣掉了。以前還為了節稅開過一間公司，但後來辦公室退租，公司登記地址也轉移到這間公寓，除此之外沒有其他租賃中的房子。往生前最後那段時間，他住進安寧照護中心，但原稿不在他的病房裡，也沒聽說過他把原稿託付給照護中心的哪個職員。我這邊已經完全束手無策了。」

有可能放在出租保險箱嗎？但也很難想像有人把校對中的原稿藏在那種地方。

「即使是這樣，我想這件事應該也跟我母親無關。話說回來，你之前說我母親長期持續匯錢給宮內，這是真的嗎？我在家裡的存摺上完全沒找到類似的紀錄。」

「真的啊，你要不要看存摺？」

松方替我拿來存摺，打開其中一頁，攤開的頁面上，只有一整排來自「藤阪惠美」的匯款紀錄。

每次一萬圓或兩萬圓，偶爾出現五萬圓。並不是每個月都匯，紀錄斷斷續續。是趁著每一次經濟上有餘裕的時候，能匯多少就匯多少嗎？

松方從另一側看著存摺頁面，解釋給我聽：

「這是為了離婚才開的戶頭。你看第一頁，房仲匯來的那筆款項，就是賣房子拿到的錢。」

有高達一千萬圓的款項匯進戶頭，匯款人那一欄寫著「（C）某某房屋仲介」。

「然後這筆錢馬上又繳出去了，可能是還債吧？之後就專門用來收取他先墊付的賠償金。」

收到賣屋款項後不久，那些錢又幾乎全額匯進了開頭為「M）東京」的帳戶。

此後就只有藤阪惠美的字樣，持續好幾頁。

像個迴盪著蒼涼回聲的空洞，唯有母親的名字被不斷重複。

看著存摺，我的眼睛再次開始刺痛。給元配的賠償金。那真的是母親嗎？不是同名同姓的別人？

才剛這麼想沒多久，我立刻發現為什麼我在家裡的存摺找不到這些匯款紀錄。

帳戶名稱是「松方朋泰」啊。

「宮內彰吾」不是他的筆名嗎？本名是松方朋泰才對，我都忘記了。太糊塗了。

當時我沒想太多，傻傻顧著尋找「宮」字開頭的帳戶名，自然不可能找得到。

藤阪惠美的最後一筆匯款紀錄是兩年前的一月，也就是她死於車禍意外的前一個月。當然，自從母親死後，匯款也隨之斷絕了。

「我母親早在兩年前就停止付款了，宮內都沒有說什麼嗎？這個金額顯然還沒有還清吧，總和算下來還不足一百萬圓。他是已經病得太重，顧不得這件事了嗎？兩年前的那個時期，宮內是不是已經住院了，住進你剛才說的安寧照護中心？」

「沒有，他上個月才住進去，之前一直都在家療養。安寧中心無法住那麼久。」

這樣照理來說，他應該還能檢查帳戶才對。又或者，他可能打從一開始就不在乎這件事吧？只有我母親一個人謹守約定地付款，宮內彰吾卻早已對她失去了所有興趣。但凡他還有那麼一點在乎，看到匯款中斷這麼久早就已經想辦法聯絡我們家，繼而得知母親出意外的事了。但實際上，他完全沒捎來任何聯絡，那男人在不知道我母親亡故的情況下，就這麼撒手人寰。

我沒有心情責備他，錯都錯在母親她自己選擇了這種男人（而且已有妻小）。

「話說回來，我老爸那傢伙真的一次也沒到你們家露過面嗎？從來沒探視過你？連你老媽的葬禮也沒有出席？應該說，他可能根本不知道你老媽已經過世了？」

他突然連番發問，嚇我一跳。

「呃，是的，畢竟我也沒有通知他。除了這些莫名其妙的款項，他們之間應該沒有其他聯繫了。」

「果然有夠渣。哎，畢竟他還有其他女人，罹癌之後身邊也是鶯鶯燕燕不斷。」還分別跟三個女人出去旅遊……說到這，松方忽然閉上嘴。

「……抱歉，你聽到這些應該不太高興吧。」

「不會，他對我來說真的是完全不認識的人。」我撒了謊。思及母親，這總讓我有點難受。

「那個，你找他生前交往的那些女朋友確認過了嗎？原稿是不是在她們那裡？」

「沒有，我根本不認識她們啊。不過從手機聯絡人裡面，我有找到幾個疑似是女友的人。」

「咦，家人往生之後，他們的智慧型手機還有辦法解鎖嗎？我已經放棄了……」

「他的是傳統手機，別忘了他是科技白痴。」

原來如此。好像不意外，畢竟他在這個年代還用紙筆撰稿。

「既然要尋找原稿，那他的手機也交給你保管吧。或許還能從郵件或通話紀錄裡找到其他線索。」

松方說著，交給我一個附有大量按鈕、陌生又笨拙的機器，我不禁凝視著它。

交給我來保管——真的好嗎？

「再來就是寫作筆記了。……要不要再拿點遺物走？我是說，做紀念之類的。」

「啊？」我不禁發出困惑的聲音，松方臉上的神情也十分尷尬。遺物？做紀念？

「他姑且也算是你父親嘛。……這麼說來，你父母雙方都不在了吧？……該怎麼說，我完全看不出來，你好像真的無所謂一樣。」

「是嗎？說起來是雙方，但我從一開始就只有母親一方而已。我並不是真的那麼無所謂，只是畢竟發生那場車禍之後已經過了兩年，生活上也沒什麼困難。啊，雖然說沒有困難，但如果你願意給我錢，那我還是會收下哦。錢總是不嫌多。」

「這樣啊。該怎麼說呢，我很抱歉。不過這也沒辦法，人死終究不能復生啊。」

我不明白他為了什麼道歉——倒不如說，我希望他不要道歉，希望他維持著起初見面時那種趾高氣昂又惹人厭的第一印象。該不會稍微聊過父親的一些往事，他心裡就因此萌生出了一些為人兄長的自覺吧？這讓我由衷感到噁心，希望他別這麼做。我想恢復一開始公事公辦的氣氛，所以主動提起了放棄繼承權的那份備忘錄。我依言在那份文件上簽名，還蓋了拇指印。

「接下來就只差我去尋找原稿了，請你不要抱太大的期待。期限到什麼時候？」

「我想想。過了三個月以後，即使能夠出版應該也帶不動話題了，所以……正好就到三月底，四月新年度開始之前吧。月底之前沒找到的話，我也會放棄的。」

剩下不到一個月，沒指望吧。

「我知道了。那個，宮內生前住的安寧照護中心是哪一間？照顧他的職員說不定會有什麼線索。」

「啊，說得也對。是位在世田谷的『聖安琪拉療養院』，我晚點傳地圖給你。」

「另外——他有沒有同為作家的朋友？我聽說他交友廣泛。」

「不曉得，但他應該當過作家協會的理事。」

後來我盡可能多問了些問題。資料變多了，我卻絲毫感受不到尋獲原稿的希望隨之增加。

到我離開公寓的時候，天色已經完全暗下。外面風冷，寒意彷彿能刺痛臉頰。

回到家，我立刻打電話給霧子小姐。雖然不好意思在假日打擾她，但我想立刻向她報告。

「真的很抱歉，在放假時打擾妳。那個，關於之前尋找宮內彰吾遺稿的事……」

『是。如果有我能幫忙的地方，請儘管說。』

「今天和松方談過之後，我們決定要認真尋找那份稿子……」

我原本打算簡單說說，最後卻把今天發生的事全部都告訴她了。霧子小姐擅長傾聽到有點可怕。

『我知道了。意思是由我引介與宮內老師有交情的作家，讓你聯絡上他們吧。』

「對，我只能拜託妳幫忙了。」

『能幫上燈真你的忙，我也很高興。除此之外，還有什麼需要協助的地方嗎？』

「S出版社以外，曾經負責過宮內彰吾的其他編輯……我能不能找他們談談？」

『沒問題哦，編輯之間的人脈還算緊密。』霧子小姐一口答應下來。在那之後，我又跟她聊了兩、三句，才掛斷電話，喘了口氣。

「因為霧子小姐妳說想讀讀看，所以我無論如何都想找到這份原稿。」——我大可直接這麼告訴她就好了，卻實在提不起勇氣。實際上，除此之外我也沒有其他動力了。我對宮內彰吾這名作家完全沒有任何感情，也不把他當成自己的父親。

我又呼出一口氣，取出那支布滿按鍵的舊式手機，戰戰兢兢著手撬開棺材板。

第4章

搬運包裝成捆的雜誌時，塑膠繩陷入指節的觸感隱隱發疼，證明了儘管已進入三月，冬天的腳步仍未走遠。走上逃生梯，我仰頭看向新宿鋪滿鉛灰色雲朵的狹窄天空。若能下場雪就好了，氣溫卻尚未寒冷到那個地步。我回到書店後場，將剩下的退書作業處理完畢，一看時間，正好是晚上七點。我脫下圍裙，按照規定的流程下班，與其他店員打過招呼之後走出店外。

自從母親死後，季節已走過兩個輪迴。我漫無目的的日常依舊沒有任何轉變。之所以能靠每週三天的打工活下去，也是多虧公寓的房貸已經全額繳清。就這樣一輩子當個小小書店員，好像也……不對，存款好像還是減少了一點吧……？

一直這樣過下去，真的好嗎？

我並不討厭書店的工作，但也沒有足以持續一輩子的熱愛。我一向與「售出書本的喜悅」無緣。

回想起來，我從來沒和母親討論過未來志願，考高中和打工都由我自己決定。參加家長面談的時候，母親也只是微笑點頭聽著老師說話。

對於兒子的人生，她是不是不太感興趣呢？

我不知道，也已經無處探問。我搖頭甩開多餘的思慮，沿著人潮擁擠的人行道走向車站。

拿到尋找原稿的報酬後，不如辭去書店的工作，出去尋找一下自我吧，我想。

這天，我準備涉入歌舞伎町一丁目這座燈紅酒綠的沼澤，造訪同樣位於新宿的一間酒店。

它開在一棟住商混合大樓，宮內彰吾晚年交往的其中一位女性就在那裡工作。

我苦澀地回想起翻找那支舊式手機的過程。

並不是因為我翻出了什麼令人面紅耳赤、不堪入目的郵件。

只是罪惡感凍得我指尖發寒。一想到自己死後也會遭到同樣對待，全身上下的黏膜就咻地縮緊。

然後我注意到一件事：裡頭都是事務上的郵件，羞於見人的內容未免太少了。

他恐怕特地刪除過一些郵件。

「K出版社編輯部」、「稅理士」這些帳號相關的通信履歷都還保存在手機裡。

另一方面，女性名字的通話紀錄相當頻繁，卻完全看不到任何郵件往來紀錄。多半是為了避免死後被人看見才刪除的。基於這個推論，我篩選、列出一份女性名單，鼓起勇氣一一打電話給上頭每一個名字。

「……不好意思突然打擾，我正使用宮內彰吾的手機打電話給您。是的，您聽說了嗎？宮內已於上個月過世，我受託負責整理遺物，希望能與他生前關係密切的親朋好友見個面，致贈故人遺物供作紀念，此外也想聽您聊聊他生前的事——」

我向所有人重複了一次這段謊言。當然也遇過傷人的反應，讓我心裡不好受。

不過也不枉費我磨耗心神一一致電，最後還是聯絡上了三位與宮內彰吾關係相當密切的女性，今天正準備與其中的第一位見面。我從東口那一側走出車站，穿過新宿王子飯店前方的行人穿越道，鑽過巨大的紅色拱門，便踏進了燈火鬱積的歌舞伎町一丁目。邊走邊確認智慧型手機上的地圖，我來到目的地所在的住商混合大樓，確認了一下羅列著俗豔標誌的樓層招牌。

搭乘電梯上到六樓，電梯門一打開，迎面便是毫無品味可言的鏡面裝潢玄關。我戒慎恐懼地推開門。花稍炫目的水晶吊燈、滿是鏡子的牆面，織有金銀線的抱枕反射出刺眼光澤。知名推理作家會喜歡這種紙醉金迷、奢侈浮誇的氛圍嗎？

「不好意思，我們八點營業。」

身材高大的黑西裝男靠過來禮貌地告知，嚇得我驚跳起來。今天本來就是我第一次踏進這種店。

「啊，那個，不好意思，我不是客人，那個……我跟藍子小姐約好在這裡──」

「啊！對不起、對不起，那是我的客人！該說是客人嗎……」

一位女性從店裡跑出來，大聲對西裝男說。

「好像說要採訪還是什麼的吧？我會在營業前迅速解決的，能不能讓我們用一下包廂呀？」

她向西裝男鞠了好幾次躬，一再拜託，西裝男為難地來回看著我和那位女性。

「採訪？會公開我們的店名嗎？單純訪談？會拍照嗎？如果不會公開……那倒是沒問題。」

「謝謝你！那我們來這邊。」她拉著我的手，帶我走進店內右手邊的一間包廂。這該不會……就是傳說中的ＶＩＰ包廂吧？

裝潢比外面更加奢華，我畏畏縮縮在黑色皮革沙發上坐下。

「你真的跟宮內老師長得好像！是私生子吧？聽說他和太太的小孩都三十歲了，長得也不像他。」

她在我身邊九十度的位置一坐下，馬上湊過臉來說話，嚇得我把身體往後仰。

私生子──這麼說也沒有錯。

「我之前就聽說過傳聞了，原來都是真的。宮內老師年輕時應該就長這樣吧。」

她的視線毫無顧忌地掃過我全身上下，看得我真想把遺物交給她就趕快回家。

藍子小姐年約二十五歲，穿著一身相當適合她的白色無袖連身裙，氣質就像一般人想像中的酒店公關，不太像知名作家的情人。

「那個，藍子小姐，今天謝謝您特地撥出時間跟我見面，還讓您謊稱是採訪……是的，那個、請放心，不會占用您太久時間。總之這個先交給您，是我從遺物當中挑選的紀念物，如果不嫌棄還請收下，我想故人也會樂見它交到您手中的。」

我將一枚放入小塑膠袋裡包好的領帶夾交給她，藍子小姐瞇細眼睛笑著接過。

「嗯，謝謝你。不好意思呀，最近太忙了，只能約在這裡。店快開門了，可能也沒辦法聊太多。其實呀，我本來還想到老師的葬禮上致意，可是像我這樣的女人跑去出席，身分不就太明顯了嘛。雖然老師的太太好像也早就發現了，聽說她掌握了丈夫每一個情人的底細，很可怕吧。一臉淡定告訴我這件事的宮內老師也很可怕就是了。哎，這些現在也都變成趣聞了吧。」

真的有夠可怕。果然母親和我的事情，也早就被他太太調查得一清二楚了吧。

「那個，我完全不認識我父親——如果可以，能不能請您聊聊他這個人？什麼樣的小事都好。我只是受遺族所託負責整理遺物，其實從來沒有見過宮內彰吾。」

藍子小姐詫異地眨了眨眼睛。

「一次也沒有？他沒去探望過你嗎？那還真過分耶。確實沒有聽老師談起過情人的小孩就是了。」

「藍子小姐，從話中聽起來您好像早已耳聞過我的存在，是在哪裡聽說的呢？」

「這在業界是廣為人知的傳言。所謂的業界，就是文壇囉。」

這麼說來，松方朋晃確實也講過類似的話。

「我之前下班後常到黃金街喝酒，就在酒吧認識了宮內老師。後來，我們關係越來越好。」

透過這層關係，她也認識了其他小說家和編輯，因此經常聽說業界內的消息。

「當時老師已經得癌症了，還是照樣大口灌酒。啊，但我記得他腹部有明顯的手術疤痕。」

她突然提起有些私密的細節。男女之間有了關係，看過對方的裸體也很正常。

「也就是說，兩位是在四、五年前認識的？」

記得報導宮內死訊的新聞上寫著，他在五年前診斷出胃癌。

「差不多。剛開始還以為年紀差那麼遠，肯定聊不來呢，結果完全是我多慮了，他還很喜歡我。」

他們平常都聊些什麼話題？眼前這個人，竟然和五十幾歲的小說家談笑風生？我完全無法想像那樣的情景。

「老師他呀，這是他自己說的哦，他說只要是愛看書的女人，他都有辦法追。」

原來如此，他們算是擁有共通的話題吧。藍子小姐回憶著過往，笑著說下去。

「反之，不看書的女人看起來都太笨，他沒胃口。還說他以前交過幾個不看書的女朋友，他一下子就嫌膩，把她們全都拋棄了。」

「他當著女性的面說這種話？」我發自內心難以置信，難怪松方朋晃老是罵他人渣。對待編輯的態度也無比蠻橫，無論身為社會人士、身為男人，還是身為一位父親，品德都十分堪慮。母親居然被這種男人吸引嗎？雖說她當時是他的書迷。

我想快點把話題導向遺稿，同時卻也想聽她繼續說下去，兩種心情相持不下。

「不過，老師他還是很有女人緣。都到了那個年紀，當時好像說除了我以外還有兩個女朋友吧。其中一位就是你母親嗎？啊，不是呀？這樣……哎呀總之，老師他年輕時應該玩得更誇張吧，我還聽到小道消息說他交往過好幾個藝人呢。他挑女朋友不看年齡、也不看類型，在外人看來，或許就像來者不拒、見一個愛一個一樣，不過老師自己內心的確有他一貫的標準。」

只要是愛讀書的女性每個都追，那不就是來者不拒嗎……？我忍不住這麼想。

「藍子小姐，那就表示您也是愛看書的人吧。和我父親兩個人獨處的時候，兩位也會聊書嗎？或許您是我父親的書迷？會不會當面把作品的讀後感告訴他呢？」

我開始有意無意地引導話題。

「不會耶，宮內老師的書我一本也沒讀過。我本來就不太看推理小說，頂多只看過東野圭吾吧。」

她說宮內讀書本來就涉獵廣泛，書本外的話題也很豐富，所以她從來不無聊。

「不過跟他交往之後，我試著讀了一本，就是他的出道作。」

「父親創作的小說，我還一本也沒有讀過。」

「哎呀，跟作者本人太熟還是會有點抗拒吧。我告訴他『書很好看』的時候也很難為情。」

雖然不是那種意義上的抗拒，但我挑選書籍時的確有意避開宮內彰吾的著作。

母親從前不倫戀對象所寫的書——無論故事再怎麼有趣，我也不可能毫無顧忌地享受它。

「老師聽到舊作被稱讚，心情也有點複雜，說以前寫得不好，叫我去看新作。」

聽她聊這些，感覺有機會將話題導向遺稿。

「不過，他最近不是都沒寫新書嗎？我聽說他一直在養病。」

「他的身體確實很不舒服，而且每一次見到他都越變越瘦……不過還是一點一點持續在寫作哦。」

仍在寫作嗎——果然如此。從時期上看來，或許就是我們正在尋找的遺稿了？

我思索著，藍子小姐繼續說：

「他當時寫的那些，最後沒有出成書嗎？我看他非常重視，還拚了命在寫呢。」

「這麼說，您該不會親眼看過他在工作中書寫原稿的情形吧？」我鼓起勇氣問。

松方朋晃曾經說過，宮內彰吾有時候會在情人家裡撰寫原稿。這個人就是其中之一嗎？但藍子小姐卻搖搖頭，否定了我的猜測。

「我只跟老師在外面見過面呀。我確實聽說過他在情人家寫出一整本書的事蹟，但那應該是他勤奮寫作，一年寫出十本書那個時期的事了吧？這次撰寫的是有可能成為他人生中最後一本書的作品呀，他應該還是想一個人靜下來慢慢寫吧。」

這麼說，或許也不無道理。無論如何，話題都已經來到相當接近核心的部分。

「宮內老師他、那個……有沒有跟您聊過他正在創作的這部小說呢？不瞞您說，其實我正在尋找他尚未發表的原稿。他留下了一本寫作筆記，從其中記載的進度看來，他有一部小說幾乎已經完成了，原稿卻到處都找不到。有可能成為人生中最後一本書……這是宮內老師他自己說過的話嗎？除此之外，他還有沒有談過關於這本著作的事情？無論什麼樣的線索都可以。」

語調中參雜熱切，連我自己都感到不可思議。我明明一點也不在乎這本小說。

「不好意思，我要先開始準備一下哦。」藍子小姐說著，從包包裡拿出一瓶指甲油，開始仔細塗起指甲，動作像在確認自己兩隻手上確實都長著五根指頭一樣。

她在猶豫，不知該如何開口。

「他好像說過，這是一部非常難寫的作品。『人生最後一本書』確實不是他親口說的，可是……」

她說話支支吾吾、欲言又止，好像每吐露一個單詞，都在觀望我會作何反應。

「總之，那好像是一部特別的故事，老師說絕對要完成它。」

特別的故事——只是這麼平凡的形容詞嗎？

他一定還說了些什麼，我莫名如此確信。她的眼睛和言語深處，還藏著不為人知的秘密。

藍子小姐塗完指甲油，展開雙手，湛藍琉璃色的指甲反射出水晶吊燈的光輝。

「……這不曉得能不能說……既然過這麼久了，你又是他的兒子，還是告訴你比較好吧。」

我屏住氣息，凝視著藍子小姐的嘴唇。不知從哪裡，隱約傳來遙遠的警笛聲。

「老師說，在很久以前——他差點殺了人。」

藍子小姐說這句話時低垂著頭，朝著自己的手背輕聲低語。

我感覺像胃袋深處被灌進了一整桶冰。差點殺了人——這是什麼意思？難道是字面上的意思嗎？

「你一定覺得是開玩笑，或是小說裡的殺人吧？老師他畢竟是一位推理作家。」

她以僵硬緊繃的聲音說下去。

「但當我這樣問他，他卻說不是。真的是字面上的意思，他有意把對方殺死。」

我愣在原地不知該作何反應，一時間說不出話來，微開的嘴唇間只漏出吐息。

我看得出藍子小姐也猶疑不定。她仔細補好了自己的口紅，將化妝品全數收拾完畢、放進包包裡之後，才終於繼續開口說下去：

「我不敢再多問，因此詳情就不清楚了。但宮內老師曾告訴我，因為背負著從前那份罪孽，死前他一定要將手上這部作品寫完——說這些話的時候，他看起來好像把自己逼得很緊。結果沒能完成嗎？看他每天都因為化療很不舒服的樣子。」

罪孽……小說裡寫著他的犯罪告白嗎？寫在生涯最後，帶有自傳色彩的作品。

「要說罪孽，宮內老師也算是罪孽深重的人了。他到處花心，還愛亂花錢，聽說給家人添了許多麻煩；他在文壇名氣最盛的時期，對待編輯的態度也很過分，大半夜的還叫編輯把資料送到箱根給他。聽了都想問他怎麼不用網路，但他就是不擅長使用科技產品，也一直沒換智慧型手機。我們之間也有過各種酸甜苦辣的回憶，但如今他已經過世了。生命還真虛幻啊……」

藍子小姐仰頭望著水晶吊燈，彷彿被燈光刺得瞇細了雙眼。一陣短暫的沉默。

「抱歉，時間差不多了。也沒跟你聊到多少，真對不起。你還會拜訪其他女生分送遺物嗎？好辛苦哦。你是情人的小孩，所以負責情人？哈哈，應該不是吧。」

「嗯，差不多就是這麼回事。」

就當是這樣吧。仔細想一想，由法律上根本沒被承認的私生子負責分送遺物，本來就相當荒謬。

「也祝你順利找到原稿囉。那部小說的標題很棒呢，老師之前特別告訴過我。」

好像叫什麼，世界第一……透明的……？藍子小姐喃喃說。

「是『世界上最透明的故事』。」我告訴她。

「對、對。當時老師還很自豪呢，說標題已經先定好了。這麼純愛的風格，很不像他吧？」

黑西裝男從門口探出頭來，說：藍子小姐，差不多了。我連忙從沙發上起身。

來到新宿車站月臺，等待下行電車的期間，我逐一回想剛才從藍子小姐那裡獲知的情報。

在我心目中，宮內彰吾正逐漸從「陌生男人」升格成一個「搞不懂的男人」。不，或許該說降級？好像談不上階級高低。

假如他只是個自私妄為的浪蕩作家——那還比較容易理解。

他差點殺死人，揣著這份罪孽、撐著病體，持續書寫人生中最後一本書，世界上最透明的故事。

他想殺死誰？又是基於什麼樣的動機行凶？說到底，這些真的都確有其事嗎？不是一種修辭？他可是作家。

「在社會意義上殺死他」、「以一個作家來說已經死亡」，比喻上怎麼說都行。該把這件事告訴松方朋晃嗎？以我對他的理解，他聽了可能也不覺得怎麼樣。我拿出手機，想寫郵件給松方報告事情始末，然後又打消了念頭。我沒來由地覺得，這件事目前還是藏在我一個人心裡比較好。

《世界上最透明的故事》——假如真的找到了這本書，書稿卻寫著對遺族相當致命的犯罪告白，松方朋晃會怎麼做？如果只是放棄出版，那倒還好。更糟的是，他有可能改寫掉見不得人的部分，然後照常出版。畢竟他的目的只是為了賺錢。

但即使真是如此，我又何必在意？當我沉浸於思緒之中時，電車緩緩駛進站。

第5章

與第二位「宮內彰吾的女友」見面分送遺物的日子，就約在我見藍子小姐的隔天。一早天空便蒙著薄薄的灰雲，氣溫驟降，雖然三月還開暖氣教人心有不甘，但我還是投降了。今天打工休假，我只泡了杯不加糖的熱可可打發早餐。我沒有食欲，昨天與藍子小姐的面談仍盤踞在意識一隅，想到今天即將見面的對象也心情鬱悶。她與宮內同為作家，筆名是七尾坂瑞希。

我完全沒聽過這位作家。既然要跟她談話，是否該找一本她的書來讀比較好？如果書精采有趣，那當然很好，但萬一索然無味就傷腦筋了。她就是那本枯燥小說的作家嗎——要是得邊這麼想邊與她面談，我絕對會不小心表現在態度上。

我不太擅長陪笑和說場面話。

無論如何，我們約在中午十二點，即便電子書購買後能立即閱讀，也不可能在見面前整本讀完。

十一點鐘，我穿上夾克走出房門。但外面實在太冷，我立刻被凍得退回屋內。自從丟掉那件穿舊的粗呢大衣之後，我一直忍耐到了現在。

但還是沒辦法，這件夾克撐不到春天來臨。

只能買件像樣的大衣了嗎？但我實在不太想花錢，而且最重要的是，今天也來不及買了。

此時我靈光一閃，轉而走進母親房間。在尋找原稿時，我還找到了其他東西。

打開衣櫥，裡頭吊掛著好幾件母親的外出服裝。有件深灰色的海軍大衣，我應該也能穿。

我猶豫片刻，將手臂穿過袖筒。穿上去剛剛好，印象中我們倆體型幾乎一樣。這件外套可以給我吧？一直擺著太浪費了。

這時候，我忽然發現大衣口袋裡裝著摸起來像紙張的東西。

我將它拉出口袋。那是裝在信封裡的電影預售票，上映日期是後天。當然，已是兩年前的日期。

信封裡一共有兩張票。說起來，我和母親兩人確實說過想一起去看這部電影。在此之前我完全忘了這回事。

「……抱歉，我已經在 Amazon Prime 上看過了。」我對著電影票，自顧自呢喃。

她一定從沒想過自己會死掉吧。那是當然的，我也完全沒想過會發生那種事。原以為日子會不斷延續，一如昨天之後還有今天，今天之後也還有明天。我一道道學會料理，母親在一頁頁原稿用鉛筆畫記——

『燈真，今晚輪到你煮飯吧？我想吃相撲鍋。路上小心哦。』這是我聽見母親說的最後一句話。不具特別意義，也毫無感傷之處，只是日常生活被隨意剪裁下來的一個剖面——然而被截取的部分不會再有變化，它將永遠像標本般維持原樣。

我默默關上衣櫥門。散發著防蟲劑氣味的回憶，也被門板猝不及防地截斷了。

我和七尾坂瑞希相約在池袋車站北口旁邊的一間咖啡廳見面。我到得早了點，挑了個靠近門口的位置坐下，一邊等候一邊重新閱讀宮內彰吾的寫作筆記。等到正午剛過不久，便有位女性推開店門，走了進來。她向前來帶位的店員表示和人有約，然後環顧店內，目光立刻便停留在我身上。那是位四十歲左右，留著一頭短髮、戴無框眼鏡的女性，看上去個性有些好強。

「你就是藤阪燈真吧？我一眼就認出來了，跟彰吾老師長得還真像。幸會呀。」

她說著，在我對面的沙發上坐了下來。那人穿著強調身材曲線、貼身剪裁的女用襯衫，再搭配上黑色西裝褲，氣質遠比藍子小姐更像是大牌作家的外遇對象。

「我是七尾坂瑞希，你好呀。」

她說話直爽，平易近人。由於身在出版業界，從她身上感覺得到與母親和霧子小姐相近的氛圍。

「大家都說你長得和父親很像吧。我也略有耳聞，不過剛見面還是嚇了一跳。」

「嗯，算是吧，每次都有人這麼說。雖然我沒有見過父親。」

真的每次都會被提起，我都有一點厭煩了。

但這張臉其實也很方便。約定見面的人能像這樣立刻找到我，也能成為開啟談話的契機。

「今天謝謝您特地撥出時間，七尾坂小姐。這個給您做留念，希望您不嫌棄。」

我遞出包裝在塑膠袋裡的鋼筆，是宮內彰吾生前使用的物品。瑞希小姐五味雜陳地收下。

「不過，你不是說你完全沒見過彰吾嗎？那為什麼負責分送遺物的人是你呀？」

我在此搬出了從藍子小姐那裡借來的藉口。

「因為我是情人的小孩，呃，所以負責分送這方面的遺物。」

「因為遺族不方便公開做這種事？還真奇怪。……情人啊……但我們的關係跟情人又不太一樣。」

瑞希小姐喃喃這麼說著，指尖緩緩撫過那支鋼筆經久使用、斑駁掉漆的表面。

「對不起，害得您不太愉快。」

「我不是那個意思。會這麼說是因為，彰吾應該不曾為他交往的女人花過錢。」

原來我母親的狀況不是特例。純粹的戀愛關係？但外遇也無所謂純不純粹吧。

「要說不愉快，不愉快的也是彰吾。他常說，不花錢就無法攻陷女人心的男人只算得上二流貨色。實際上，他的女人緣也很好。」

「比我想像中還要更渣……」我聽得目瞪口呆，不禁吐露真實感想。在我內心模糊難辨的宮內彰吾形象，開始往「禽獸不如的花心大蘿蔔」方向逐漸定形。坦白說，我才不在乎他的花花公子信條如何，只希望他負起責任，好好支付撫養費。

「啊，但吃飯、住宿、旅遊這些，他當然會付帳哦？只是不會直接給對方錢。」

「呃，這方面無論如何都——不好意思。雖然是我主動說想聽您聊聊和宮內老師相處的往事，但可以的話，我比較想聽他身為作家那方面的……那個、當然，我對他瞭解不多，所以無論您聊什麼都很新鮮，主要還是以七尾坂小姐您說得自在為主。不過既然兩位都是作家，獨處時一定免不了聊到工作吧？如果方便的話，我很想聽聽這方面的情形，這讓我非常好奇……」

我無論如何都想將話題引導到原稿上，導致我的說話方式明顯變得不太自然。

「我們完全不聊工作。兩個作家平常都在寫作，要是連一起出去玩的時候也三句不離工作，那未免太悲慘了。……不過，偶爾還是會聽他抱怨兩句協會的事。」

瑞希小姐帶著諷意瞇起眼笑。

「我跟彰吾本來就是因為推理小說協會認識的，他是我入會時的推薦人。他一直都是協會理事。」

瑞希小姐才剛起了個話頭，又立刻打住，因為店員走到這一桌替我們點餐了。除了卡布奇諾，她還點了蛋糕，我也順道再續了一杯咖啡。

「當時我去找他道謝，順便一起喝了一杯。」

後來不知不覺就開始交往了——她省略掉了一大半細節，先前藍子小姐也差不多是這樣。

男女之間有這麼簡單嗎？或許只是那些不簡單的部分被她們輕描淡寫帶過了。

「我們只是玩伴，他從來不靠關係轉介工作給我。當然，還是有人做出小人之心的揣測。」

「原來是這樣。兩位既然都是作家，會不會閱讀彼此的小說、交換批評意見？」

聽我這麼問，瑞希小姐捧著肚子大笑起來。

「不會不會。又不是外行人，時間要花在更有意思的地方。」

好像說了相當丟人的話，我縮了縮脖子，不敢再亂講話。就不能想辦法引出原稿相關的話題嗎？

「我以前確實會看彰吾的小說沒錯，不過自從和他交往以後，就再也不看了。」

瑞希小姐有些落寞地這麼說。

「太親近作者，閱讀時總會想起他夜裡的那一面，就很難再全心享受故事了。」

「原來是這個道理。我也完全沒讀過他的書，畢竟已經聽母親講過太多往事。」

瑞希小姐晃動肩膀笑起來。她是個笑得越壞心眼，看起來就越有魅力的女性。與這樣的人交往應該很勞心費神吧，我忍不住想。

「說起來，作家之間還是別發展成男女關係比較好。彰吾有個在酒會上百說不膩的笑話——作家最好別睡以下五種女人，①編輯、②徒弟、③書迷、④女演員、⑤同行。最後的爆點是『但我全部都睡過了』，全場大笑。這笑話從不冷場。」

我完全笑不出來，因為我母親就是③書迷。還真虧他敢拿這種事當笑話來講。

「我跟彰吾之所以能長期保持交往，可能也是因為他不太像個作家吧。印象中他成為作家前在廣告公司上班，口才很好，也善於傾聽。但假如真有必要，他也有辦法輕鬆營造出作家氣質，你看看他參加採訪、對談的時候，和平常簡直判若兩人。像他那樣的人，怎麼可能不受歡迎呢？所以，我也一直看不清彰吾真正的面貌——當然，前提是『真正的面貌』真的存在。」

我也一樣看不清。遲遲沒放棄尋找原稿這麼麻煩的差事，大概也是這個原因。

「寫小說時暴露出來的，就是真正的自我吧？既然是作家，本性肯定會在作品中顯露出來，畢竟作者在寫作時會把作品主題、想傳達的訊息寫進去，不是嗎？」

瑞希小姐又一次愉快地大笑。

「我們不是為了傳達什麼才寫小說。看到有人認真分析主題、寓意這些東西，我都忍不住想笑。」

看來我這個外行人的意見再一次丟人現眼了，我是不是該閉上嘴，保持沉默？

「至少，彰吾他不是為了傳達某些訊息而執筆寫作的類型。」

我也不是。瑞希小姐補充道，吃了口蛋糕。

「所以，我們幾乎不會談論自己的作品。有力氣談論，不如把那些見解都直接寫進書裡。」

這麼說或許有道理。實際上，我們也鮮少看見作家滔滔不絕地談論自身作品。

看來今天白跑一趟了。還以為今天見的是作家，能比藍子小姐那次打聽到更關鍵的情報。

「……不過，即便是彰吾……關於他人生最後一部小說，還是對我說了很多。」

瑞希小姐突然這麼喃喃說道，我探出身體。

「最後一部小說——您說的是《世界上最透明的故事》嗎？」

「對，我記得這個標題。什麼嘛，原來你知道呀。原來他不是只對我一個人說這些，有點失望。」

「啊，不是的，只是他留下了相關的筆記，我還是第一次聽人說起。」我撒謊。

她看穿一切似的瞇細了雙眼。

「這樣呀。那果然是因為對象是我，他才願意坦白囉？那樣就太令人高興了。」

她這一次的笑容不再暗含諷意，甚至帶點少女情懷，一股罪惡感湧上我心頭。

「遺族那邊也說，假如宮內老師還有未發表作品，他們想將它出版，卻到處都找不到原稿。七尾坂小姐，如果妳有什麼線索……」

「原稿嗎？這我就沒頭緒了。我猜他應該是沒寫完吧？既然都對我說了那麼多，表示彰吾他內心也隱約明白，這部作品十之八九是無法完成了。假如有信心寫完它，他在完成之前不會透露太多，只會默默埋頭寫作。我敢說作家都是這樣。」

沒寫完？但他理論上已經寫了六百張稿紙之多，難道原本預計的篇幅更長嗎？

「彰吾當時還一反常態，跟我大吐苦水。說什麼連寫一頁都苦不堪言、寫這部作品簡直令人折壽等等。他以前不是會在女人面前示弱的人，即使正在做化療、身體再怎麼不舒服也一樣。我想，當時他可能想找人撒嬌取暖吧，還主動叫我教他使用文書處理軟體，說他用手寫已經到了極限。可是想想他從頭學習電腦要花費多少苦工，我覺得一來一往也不可能輕鬆太多。」

我差點激動得把身體往前傾。文書處理軟體？假如屬實，情況就大不相同了。

「我姑且教了他一遍，但他完全學不來。他似乎對電腦抱有不切實際的幻想，還問我，它沒有自動輔助寫作的功能嗎？最後他還是沒能學會，好像就放棄了。」

這番話可不能輕易照單全收。

「請問，那大概是什麼時期發生的事呢？說不定他後來努力自學，留下了電子檔原稿也不一定。」

「沒那麼久哦。我記得是他病情嚴重惡化之後的事，所以……大約是去年吧。」

去年？我從背包裡取出宮內彰吾的寫作筆記，好確認時間。

《透明》確實在三年前已累積逾六百張稿紙。

「啊，那是彰吾的筆記嗎？也讓我看看吧。」瑞希小姐探出身子，我於是將記事本遞給她。

「還真厲害，他在這種小地方做事特別仔細。啊，最後寫了超過六百張稿紙。」

瑞希小姐的指尖滑過那排日期。我眼中單純的數字，在她眼中是與死者之間回憶的痕跡。

「看這個時期，我想應該是手寫的。雖說生了病，但他寫作的步調還不錯嘛。」

「所以我才猜測這部作品應該已經完成了。」

「一張四百字，一共六百張……一本長篇差不多這個篇幅。」

「而且，最後一行還寫著『校對？確認』的字樣。既然準備送出去校對，應該表示已經脫稿了。」

「那他學用文書軟體，是為了謄打原稿？但謄打這種事，請人幫忙就可以了。」

瑞希小姐蹙起眉頭嘆了口氣。

「或許這並不意味著他準備把原稿送去校對，而是有某些部分需要確認而已。」

說得沒錯，從「校對？確認」這麼奇妙的紀錄，能聯想到的可能性多不勝數。

「這麼說也是。也可能他在手寫了六百張原稿之後，還是不滿意目前的完成度，所以打算換到文書處理軟體上，全部重新寫過？」

「這也有可能，但無論如何，那六百張原稿都不可能丟棄吧。為了在重寫時留作參考，多半也會保留下來。真想讀讀那份稿子，感覺很有尋找的價值。也有可能他把稿子拿給誰看，後來就一直留在那個人手邊——如果那個人是我就好了。」

沒錯，我今天也抱持同樣的期待赴約，認為原稿有可能在同為作家的她手上。

「……不過呀。既然直到最後作品都沒有完成，可能表示他不想再拿給任何人閱讀了吧。一頭熱地振筆疾書寫完初稿，結果自己重看一次之後，突然冷靜下來、改變主意……這種事也不是不可能發生。尤其到了即將不久於人世的時候，人也有可能寫下平時絕對不能寫在書上的東西。他或許在把這份稿子交給編輯之前打消了念頭，將那六百張稿紙全部扔進了垃圾桶。」

我倒抽一口氣。瑞希小姐——她是否也聽說過那件事，知道宮內彰吾的罪孽？

「……您聽宮內老師提起過嗎？我是說，那個……絕對不能寫在書上的事情。比方說、呃，牽涉到不法犯罪或暴力行為的，例如謀殺，或諸如此類的大罪——」

瑞希小姐深深地嘆了一口氣。

「什麼嘛，原來這件事他也不是只對我一個人說。雖然我早就心知肚明，我們的關係並不特別。」

我羞愧地低下頭。剛才我一直佯裝不知情，但其實稚拙的演技早已被她看穿。

「哎，殺人什麼的……畢竟都是從推理作家口中說出的話。」

她無力地呢喃道，在掌中把玩著那支鋼筆。

「在小說裡，他也不曉得殺過多少人了。那件事也只是類似的玩笑……我很想這麼相信。」

想這麼相信——這說法令人在意。表示宮內提起這件事時，氣氛不像開玩笑。

「對不起，我不應該假裝不知情。我先前確實聽人提過這回事，但不清楚詳情，所以……」

「唉，沒關係啦。既然他還跟其他人說過，至少代表這不是那麼沉重的話題。」

瑞希小姐自嘲地說著，將鋼筆收進包包裡。

但她再次開口前，間隔了一陣沉默。這話題不可能多輕鬆。

「但你最好不要太期待。彰吾沒向我透露太多，詳情我也不清楚，而且事情都過去那麼久了……」

「七尾坂小姐，您是直接聽宮內老師說的嗎？那個、他從前曾把人——的事。」

瑞希小姐垂下眼睫，點點頭。

「那是彰吾剛離婚不久的事，大概十年前吧。我們兩人去喝酒時他告訴我的。」

才剛開口沒說兩句，沒想到瑞希小姐立刻又陷入了沉默，目光在桌面上游移。

不好意思，接下來的話題實在滿血腥的，你不要嚇到哦——她看著我的臉，先這麼提醒道，沒等我回話，便緊接著繼續說下去。

「彰吾沒告訴我他想殺誰、出於什麼理由行凶，他只是非常具體地把殺死對方的方式告訴了我。將凶器刺進腹中，把手腳和身體都四分五裂，血肉連著內臟一起掏出來……原以為他在講推理小說，但當我這麼問，他卻說他談論的是現實。」

該怎麼說——我完全沒預料到對話會往這方向發展。聽了這番話很難不驚訝。

「彰吾即使喝醉了酒，言行舉止也完全看不出異狀，所以向我坦白這些時，他看起來也很認真……但說到底，他還是沒有動手吧？無論手段多麼慘無人道，既然他沒有付諸實行，那愛怎麼說都可以。那些敘述只不過表現出他有多麼憎恨對方而已。從這層意義上，他所說的這些，與虛構小說中的殺人也沒有太大區別。所以，我也告訴自己不要在意……至少在此之前。」

如今宮內彰吾已經亡故，她也得知自己並不是獨占秘密的人，又會怎麼想呢？

「若說他死前寫了些東西，那我很想對個答案。那是真實的殺意嗎？或者是他慣常耍帥的表演？無論答案是兩者之中的哪一個——恐怕我免不了都要失望了。」

一聲壓抑的乾笑中斷了語句。

「不過無論如何，我只希望他寫的不是自傳類小說，或是反省、償還罪過之類枯燥乏味的東西。」

非常像小說家會提出的意見，我不是不贊同，但同時也覺得這麼說十分殘酷。因為這等於要求他直至死亡那一刻都維持著小說家的形象。

不准卸下妝容，在舞臺上跳著舞直至死去。

「我能說的就這麼多了。抱歉，沒幫上你的忙。還有什麼事可以聯絡我，我很樂意協助。」

因為我也很想讀讀那本書。瑞希小姐喃喃說完，便拿走帳單，從座位上起身。

我和瑞希小姐道別，回到車站，趁著在月臺上等候列車的期間，寫郵件向松方回報進度：

我從宮內老師同為作家的朋友口中得知，他晚年有意學習使用文書處理軟體。看來原稿有可能以數位檔的形式留存下來。

府上有沒有電腦之類的設備？能不能再仔細找一次看看呢？

打字打到這裡，我停下手指思考。宮內彰吾差點殺了人那件事，還是暫時不要告訴他比較好吧？

至少這不是尋找原稿必須的情報──我這麼想道，於是直接將郵件傳送出去。

撕裂肌膚般的冷風掃過軌道。

《世界上最透明的故事》──我想著那部除了標題以外，一切依然成謎的小說。如果「透明」意味著光明磊落、全然坦白，絕無一絲一毫隱瞞或遮掩的話──那我應該要閱讀這部小說嗎？應該知曉宮內彰吾那一方所講述的真實嗎？畢竟簡要來說，那等同於側耳聆聽他如何為自己辯護。

「不透明」的故事才是我所知道的版本。那對我而言，宮內彰吾就只是個對母親始亂終棄、不負責任的男人。我只需隔著一層薄薄的輕蔑和厚重的冷漠，從遠處隔岸觀火般地打量他就好。一旦知曉「透明」的故事，我勢必得做出某種判斷。

我將凍得發僵的手指和智慧型手機一併塞進口袋，默默低下頭等待電車到站。

第6章

下週第一個上班日，我和霧子小姐相約在飯田橋車站，一起搭乘有樂町線，往護國寺站前進。宮內彰吾的責任編輯當中，有一位最資深的編輯任職於知名的K出版社，據說他直到不久前仍然持續與宮內彰吾討論原稿，因此霧子小姐替我約了那位編輯見面。這天，霧子小姐難得穿了裙裝。考量到對方是年長的資深男性編輯，我想這麼打扮或許是為了配合對方的偏好。

「不好意思，還讓妳陪同我過來，真的很感謝。不過現在應該是工作時間吧？」

「別這麼說，這也是工作的一部分呀。松方朋晃已經承諾，假如順利找到遺稿，這本書會交給我們出版社負責。總編輯也交代我在各方面全力為你提供協助。」

她願意這麼說，我就釋懷了。

另一方面，只出於職務上的原因也讓我有點失落。她要是出於個人的善意陪我赴約就更開心了。

但這樣的想法太丟人現眼，又幼稚透頂。絕對要藏好，不能讓霧子小姐知道。

「真虧那位編輯願意答應，這樣不是便宜了其他出版社嗎？」

我想起什麼似的說道，霧子小姐露出微笑。

「出版界比較沒有這種敵對意識。其他出版社推出暢銷書，有時候對自家來說反而有利。」

原來。在我恍然大悟的時候，我們抵達了護國寺站，K出版社就近在車站前。

「兩位好啊。深町小姐好久不見了，這位是初次見面。哎呀，還真長得和令尊一模一樣。」

那位五十歲上下的男編輯在K出版社入口處迎接我們，目不轉睛地打量著我。

「那麼，我們就到那邊的咖啡廳慢慢聊吧。」

男人帶著我和霧子小姐離開K出版社，走進對面的咖啡廳。

店面裝潢相當古色古香。沙發配上低矮的桌子，過多的觀葉植物，牆上掛著風格不一致的畫作。

「不好意思啊，我想出來抽根菸。總不能在公司的吸菸室裡招待客人，對吧。」

他這麼說著，朝我遞出名片。

「容我正式自我介紹。敝姓東堂，在K社文藝一部負責宮內彰吾老師，幸會。」

東堂先生頭髮花白，穿著隨性的燈芯絨外套，唯獨眼神十分銳利，充滿警覺。

「今天謝謝您在百忙之中撥空見面，我是藤阪燈真，很高興認識您。那個……我的母親是、宮內老師的、這應該說是舊識嗎……」

「啊，別擔心，我全都知道了。倒不如說，敝出版社也曾經委託校對工作給令堂啊，藤阪惠美小姐是非常優秀的校閱者。說起來，她好像也提過她兒子從初校階段就開始幫忙校對。你後來也做校閱工作嗎？原來不是啊，哎呀是我失禮了。」

除了偶爾將菸拿到嘴邊的時候外，東堂先生一直說個不停，嘴巴幾乎沒停過。

「藤阪惠美小姐和宮內老師——這件事，其實一下子就傳開了。我記得當時，惠美小姐應該是M出版社的計時行政人員吧？因為派對的接待員人數不夠，她就被推上陣去，結果在派對上遇見了宮內老師。老師他呀，長得一表人才，出手又迅速，而且惠美小姐還是老師的大書迷吧，事情當然會變成那樣了。哎呀失禮了，這件事畢竟和令堂有關，不該在你面前提起的。」

「不會，我完全不在意。只要能打聽到我父親的情報，任何話題我都很感謝。」

我這句話幾乎是出自真心。這段期間，我接連訪問來自各行各業、特質各異的人們，確認到宮內彰吾不知廉恥的一面，甚至開始為我帶來某種陰暗的滿足感。

東堂先生挑動著眉毛開口問：

「這樣啊？哎，他無疑是個相貌出眾的俊男。只不過光芒太強烈，也會投射出更濃烈的陰影吧。」

「東堂先生，您一直都是宮內老師的責任編輯嗎？」霧子小姐開口，這麼問道。

「從出道作就開始囉，一直擔任他責編的只有我一個人吧。」

東堂先生的目光柔和了些，看著遠方喃喃：

「一般來說，責任編輯這個位置，最多做個十五年左右都會換人，因為編輯也會升遷嘛。」

只是我一點也不想當主管，所以才一直任性留在現在的崗位，東堂先生笑道。

「但不論升遷，宮內老師在每間出版社的責編也都做不久。看他那麼放蕩，倒也不意外。」

不過他說，宮內早期就受他關照，哪怕再怎麼狂妄，在他面前也抬不起頭來。

「這麼說深町小姐，妳該不會是老師的——」

「不是的，敝社的責編是高梨。」東堂先生一聽，鬆了口氣。

「那太好了。要是由深町小姐這樣年輕又漂亮的女生擔任責任編輯啊，老師他鐵定會對妳出手。」

我差點就不顧場合地發出「噁」的聲音，那種事態實在教人完全不願意想像。

霧子小姐不以為意地點頭說：

「我在工作上不談私情，不用擔心這種事，所以還是滿想和老師合作看看的。」

「畢竟不是人人都像深町小姐這樣意志堅定啊，某出版社真的發生過這種事。」

不曉得是不是說到了興頭上，東堂先生將剛才點著不久的香菸按在菸灰缸上捻熄，又接著拿出另一支菸點了火，才繼續說下去：

「有間出版社想討好老師，特地指派了年輕漂亮的編輯給他。不出意外，那編輯後來跟老師好上了，但好像是她要求老師跟太太離婚吧，結果兩個人馬上破局，編輯辭職，老師也鬧得不開心，乾脆停筆不寫……」這番話聽了實在不太舒服。

或許是從我的神情察覺不對，東堂先生刻意假咳了好幾聲，換了另一個話題。

「啊，對啦！剛才說到宮內老師的新作是吧，不好意思。哎呀，聽說這件事的時候，儘管我都這麼大年紀了，還是興奮得不得了。畢竟老師他自從健康狀況惡化以後，就再也不寫作了。他好像一邊對抗病魔，一邊著手構思著什麼構想驚人的小說，這件事我聽說過幾次，但是……哎呀，原來他真的寫出來了。請你們一定要出版這本書，身為一介讀者，我也非常期待。」

「我們總編輯也是宮內老師的大書迷，一聽這消息眼色都變了。」霧子小姐說。明明隨口一問就能聽說他多不勝數的人渣事蹟，但宮內彰吾身為作家的實力在業界內部卻似乎備受肯定。截至目前為止，沒有任何一位編輯抨擊過他的作品。

「可是，我們還找不到原稿。」

「是啊，這我也聽說了。原稿當然也不在我這裡，朋晃先生在葬禮上問過我，可惜我毫無頭緒。」

宮內彰吾交友廣泛，也經常在外出旅遊期間執筆寫作——東堂先生告訴我們。

「與其說沒有頭緒，不如說可能性太多了，我答不上來啊。」

我點點頭，光是他交往的女性就多如繁星。

「不過前幾天聽深町小姐說過詳情之後，我確實想起了一些線索。寫作筆記還留著是吧？」

我將那本破舊的記事本遞給他。東堂先生伸手接過，翻動幾頁，瞇細了雙眼。

「三年前的六月，校對、確認……嗯，沒錯，就是這則紀錄。老師這時找的人應該是我。」

我不禁半站起身，從反方向探頭看向筆記頁面，身旁的霧子小姐也探出身體。

「東堂先生，受託負責校對的原來是您嗎？」

「不，我只是陪他討論一些校對相關問題。說來有點奇怪。」

商量的問題十分特別，因此他記憶猶新。當他從霧子小姐那聽說筆記內容，立刻回想起這件事。

「宮內老師當時竟問我，有沒有可能不印校樣，直接以裝訂完畢的狀態校對。」

霧子小姐詫異地歪了歪腦袋：

「這——還真是不可思議的問題。如果只論能不能執行，那當然是可以的……」

「假如不顧成本的話。倒不如說就是為了壓低成本，一般才會印成校樣校對。」

所謂校樣，是為了檢查內容有無錯誤而輸出的試印稿。要是每一次校對都特地裝訂成冊，那無論時間或費用上恐怕都效率不佳。

「宮內老師一向是很有堅持的作家，對於自身作品的完成度要求非常嚴格。當時他已經罹癌，在世期間也不確定還能再寫幾本書，一定是希望書籍初版就做到完全沒有錯漏吧。所以我回答他，考量到成本，這非常困難，但我們願意配合。」

東堂先生說到這裡頓了頓，喝了一口剛送上桌的咖啡，取出下一支菸點了火。

「我原以為，他那份原稿肯定已經寫完了。畢竟都主動談起校對事宜了嘛，一般都會這麼想。可是宮內老師卻告訴我，那部作品在寫作過程中碰上瓶頸，完全寫不下去。於是我告訴他，無論多久我都願意等，那次談話就這樣結束了。我真的等囉，懷著滿腔的期待。接到訃聞的時候我想，果然還是沒能完成嗎？之前也聽說他身體狀況相當惡劣……那時真是太失落了。」

面上消沉的神色隱隱透出一線光芒，東堂先生撫過筆記上「６２２」的數字。

「原來他一直都在寫。這數字代表的是稿紙張數，應該沒錯吧？六百二十二張。表示宮內老師跑來找我商量的時候，已經寫了這麼多啦。看了還真教人高興。」

「是不是推敲的過程不順利？」

「也有可能。不過無論如何，這六百二十二張稿紙都存在於某個地方。只要完成度沒有問題……」

哎，應該能出版吧？不會出問題吧？不至於惹怒老師吧？東堂先生自言自語。

「既然老師沒有留下禁止出版的遺言，我想應該可以出版。」

聽見霧子小姐這麼說，東堂先生點了點頭。

「累積這麼多張稿紙，故事應該寫完了吧？這才是最重要的關鍵，結局得收得夠好才行。」

「但願如此。畢竟宮內老師的作品無論走什麼風格，肯定都包含了推理要素。」

「老師他文筆不錯，但主要還是個超級頂尖的推理作家啊，這點從出道作以來從沒變過。」

「對，沒幾位作家能將那麼硬派的警察小說，同時寫成那麼精采的本格推理。」

這兩位死忠書迷熱血沸騰地開始議論起來。

看我一直默不作聲，東堂先生操了不必要的心，特地問我：

「藤阪先生，令尊的作品你比較喜歡哪一類？初期是冷硬派風格，中期以後的作品更加厚重……」

「這、不好意思，坦白說，其實我一本也沒讀過。我實在不太愛讀推理小說。」

東堂先生露出很驚訝的表情。

「那真是失禮了。因為令堂是忠實書迷，又聽說你在尋找遺作，我才會誤會。」

尋找遺作的理由有一半是為了錢，另一半則是因為我有點好奇——僅此而已。在真心敬愛宮內這位作家的兩人面前，這麼丟臉的理由怎麼也說不出口。當我支吾其詞、說不出話時，東堂先生加快了語速說：

「雖然你說不愛讀推理小說，不過宮內老師的作品很推薦非推理迷的入門讀者閱讀哦。首先老師的作品都是傑出的人情劇，文筆流暢、優美而高雅，但是又不顯得堆砌做作。鋪排伏筆的功力更是一等一，就連本格推理愛好者也拍案叫絕。」

狂熱推理迷就是這種地方最讓我不敢恭維——我抿起嘴，差點這麼脫口而出。

「燈真，我記得你也喜歡橫山秀夫和宮部美幸的小說吧？」霧子小姐從旁說道。
「嗯……算是吧，這一類作品我還是讀得很開心。不過太講究謎題、像在玩推理遊戲的那種小說，我就比較不喜歡了。」我窺探著兩人的臉色，語帶保留地說。
「啊哈，原來你不喜歡的是本格推理。這我懂，有時候太生硬、太造作了對吧？這時候就該看古典中的古典，例如昆恩那種的。」
「像艾勒里·昆恩那樣有年代的推理小說，或許你更能享受呢。」霧子小姐說。
「沒錯、沒錯，現代對於推理小說而言是個綁手綁腳的時代。人命受到尊重，科學鑑識技術也進步到了巔峰，要在這種背景下撰寫偵探小說總是難免受限——」
我謹慎地打斷他的推理講座。
「呃、好的，我會研究看看。不好意思，回到原本的話題，關於宮內老師手稿還有其他消息嗎？」
「哎呀對啦，要談宮內老師的原稿。又岔開話題真不好意思啊，我太激動了。」
東堂先生捻熄手中的香菸，拿咖啡廳的擦手巾抹了抹額頭。
「說歸說，我大概沒有其他有用的消息了。」
眼見東堂先生喝光了杯中咖啡，雙臂抱胸這麼說，我兀自思索。我該在此詢問那件事嗎？
宮內彰吾「差點殺死人」，犯下重罪的事。他是否也曾跟自己的編輯提起過？

這彷彿散播死者的秘密般令人內疚，但我同時也覺得事到如今再保守秘密已經沒有意義。

畢竟宮內彰吾本人，都已經向他交往的女友親口透露過了，而且還不只一人。

「那個，我在四處訪談期間聽說過一件事。」

我謹慎揀選著措辭娓娓道來，東堂先生聽完立刻挑起眉毛。

「噢，是啊，我的確聽老師說過。記得那是在酒席間，但老師的態度卻正經八百的，嚇我一跳。」

東堂先生的語氣好像這沒什麼大不了，教我大失所望。宮內竟然也告訴他了。難道這件事其實無關緊要嗎？

「不過，那是實際發生在宮內老師本人身上的事吧？不是小說裡的故事才對。」

「是的，可是他似乎透露過當時發生的事與遺作有關，提到了罪孽之類的詞。」

「哦？原來是這麼回事。哎呀，但我上次聽他提起，已經是很久之前了——」東堂先生說著，將空的菸盒捏扁，拆開了新的一盒。

「那是十年、不，二十年前的事了吧？出版社還在一場接一場開著派對的年代。派對後一群人一起去續攤，宮內老師找我喝酒談天，就是在那時候告訴我——他曾經意圖殺人。但推理作家或多或少都會說這種話，我當時也就沒放在心上。」

「表示那是編造的，並非真有其事囉？」我努力掩飾著內心的失落感這麼問道。

「不，我認為殺意是真實的。恨一個人恨到想殺死他，這種事並不罕見。但從憎恨到實際動手殺人，其間還必須越過一道深谷，而老師他在那道深谷之前懸崖勒馬，停下了腳步，所以才有辦法把這件事寫進小說裡——我猜是這麼回事。那麼這本遺作就是類似於自傳或回憶錄的故事囉？換作是在小說裡面，或許他不會選擇停下腳步，畢竟也沒必要全部依照實情書寫。」

從他的說法看來，這個人大概也不想閱讀罪人改過懺悔的故事。我這麼心想。

「老師談起這件事時——是否具體提過哪個特定人物的名字？」霧子小姐這麼問道，言下之意想問的是宮內彰吾想殺害誰吧，但這種問題實在不方便挑明了問。

東堂先生噘起嘴唇，搖搖頭。

「沒有……啊，不過老師說過他後來為什麼打消殺人的念頭。他說，是因為孩子的媽哭著求他。」

我凝視著東堂先生粗糙乾燥的嘴唇，接著側過眼去窺探身旁霧子小姐的神情。

「所以、哎，我想是家庭內部的問題吧，常見的糾紛原因。」

意圖弒殺家人，經妻子苦苦哀求決定收手。

「無論現實中的情況如何，我還是期待遺作的格局更大一些……雖然這麼說非常不恰當。」

東堂先生喃喃說完，按熄了香菸，卻沒有熄滅他眼中明亮而熾熱的落寞之情。

走出咖啡廳，和東堂先生分別之後，霧子小姐問我：「正好中午了，要不要一起吃飯？」

我實在太過驚訝，下意識問出了「妳要跟我吃飯？」這種理所當然的蠢問題。

護國寺站餐飲店不多，我們走進家庭餐廳。

等到我們兩人都看過菜單、點完餐，霧子小姐嘆了口氣說：

「雖說這一切都是為了尋找原稿——但感覺像四處刺探往生者的秘密一樣，讓人內疚又抱歉呢。」

「霧子小姐，妳也這麼想嗎？我以為妳為了推出有趣的小說什麼事都願意做。」

霧子小姐聽了有些靦腆地說：

「我確實是什麼都願意做沒錯，但那和精神上是否感受到負擔還是兩回事呀。」

什麼都願意做這點居然不否認啊，我在內心苦笑。我本來只是開個玩笑而已。

「只不過，聽剛才東堂先生那麼說，萬一宮內老師在遺稿中提及與家庭糾紛有關的內容，我擔心朋晃先生有可能會放棄出版……」

「我也想到了這點。坦白說，我還沒把宮內老師曾經計畫殺人的事告訴他兒子。畢竟目前還無法確定這件事跟遺稿有沒有關係，而且……萬一他決定取消出版還算好的，我比較擔心他會要求出版社刪除掉不便公開的部分，然後照樣出版。」

聽我這麼說完，霧子小姐睜大眼睛，接著板起一副認真凝重的表情頻頻點頭。

「燈真，你說得沒錯，應該擔心的是那種情況才對。該守護的明明是讓故事精采有趣的精髓，我卻只想著它能不能順利出版，真是個不夠格的編輯。與其做出無聊的改動面世，確實不如讓這本書埋葬在暗處還比較好呢。」聽她竟然說出這種話，我頓時慌了手腳，我不是這個意思啊。霧子小姐從我們剛認識起就是這副德性，她熱愛小說，簡直到了有點無可救藥的地步。

「沒關係，這就等真的找到原稿再考慮吧……反正也還無法確定它精不精采。」

「怎麼可能不精采，那可是宮內老師的書哦？」霧子小姐顯得不太高興。平常那麼規矩守禮的人，牽扯上喜歡的小說卻立刻露出孩子氣的一面，實在很有意思。

我——沒辦法像她那樣熱情。

當我沉迷於一本書，我只會在那個當下消費掉它，不具備描述它的語彙，也沒有深掘它的工具。

因此接觸到霧子小姐這一面讓我升起又刺又癢的羨慕，同時卻也覺得很高興。

「假如自己都知道故事枯燥乏味，是不可能寫到六百張的。」

原來如此。她這麼說也有道理，只不過……

「如果他滿意這部作品，寫完六百張稿紙就會立刻送到出版社了吧？或許是成品不理想。」

「即便如此，情節本身鐵定還是很有趣的。推理小說的靈魂終究在於情節呀。」

「剛才東堂先生也這麼說。比起文筆如何，一本推理小說的結局收得好不好更加重要……」

「文筆固然重要，不過推理小說的命脈還是在於故事迎向解決篇的敘事過程。」

而宮內老師總是以充滿巧思的精妙情節——

霧子小姐原想繼續說下去，卻在看向我時回神似的閉上嘴。

「真不好意思。剛才面談的時候也是，自顧自聊起了推理話題。燈真，你不愛看推理小說對吧？」

「請別這麼說，霧子小姐。能看見妳那麼心花怒放地暢談小說，我也很高興。」

我下意識脫口說出了真心話。

「既然要尋找原稿，我也想過是否該多看幾本推理小說，鑽研一下這個文類。」

「我認為為了想讀而讀，才是閱讀小說最幸福的方式哦。」霧子小姐微笑說道。

這話有道理。為了鑽研而閱讀不喜歡的小說，無論對自己或小說都太失禮了。

而且，與其說我不愛讀推理小說，倒不如說是——

「古典的推理小說，不是會在解決篇之前安排『讀者挑戰書』嗎？我對這種單元有不好的回憶。小時候我讀過一本書，在『讀者挑戰書』那一頁竟然直接寫著兇手的名字，讓我失望得不得了。在那之前的故事都很有意思，真是太糟蹋了。」

「是有小朋友惡作劇，在書上亂塗鴉嗎？聽說圖書館的書有時會發生這種事。」

「不，不是惡作劇——一般而言，這種推理小說都會在翻過印著問題的那一頁之後，才揭曉答案，對吧？但那本書卻直接把故事的後續印在『讀者挑戰書』那一頁上，偵探洋洋得意地高聲指出兇手是誰。雖然那是兒童小說，但即使是寫給小學生看的書，我想也不應該這樣吧。我在住院期間讀到即將進入解決篇的部分，出院後一直期待閱讀後續，所以又特別失望了。」

我不想被她當成完全不瞭解本格推理、見識淺薄的人，不小心變得有些多話。

「聽起來還真奇怪。即便是兒童書，一般也不該以這麼不友善的方式排版才對，無論身為推理愛好者還是編輯都難以容忍這種事發生。那本書的書名叫什麼？」

霧子小姐語氣強烈地這麼問。

「我記不清了，是母親買的書。我記得是剛上市的新書，主角是少年魔法師，同時也是偵探……」

好像是寫給兒童看的奇幻小說，故事中發生凶殺案，主角於是使用魔法探案。

「有點似曾相識，是不是《魔法使多多》？」霧子小姐問道。

「啊，就是這個書名。這樣居然能聯想到。」

不愧是一流的編輯，竟然對兒童文學都這麼熟悉。霧子小姐操作著手機，將螢幕轉向我。

書影上畫著個藍色頭髮、聰明伶俐的少年，書名和作者都是「魔法使多多」。

「就是它、就是它，看到圖我就完全想起來了……不過這是電子書嗎？妳剛才特地買的？」

「不是的，我本來就有這本書。單純作為推理小說，它也是備受肯定的作品。」

意思是霧子小姐也讀過《魔法使多多》嗎？

這下子糟糕了，我剛才還在她面前大肆挑剔這本書的毛病。

霧子小姐仍然將手機螢幕朝向我，從對側操作手機，一口氣跳到了最終章，然後往回翻動兩頁。

「……『讀者挑戰書』在這一頁……看起來有確實換過一頁，才進入解決篇。」

白紙黑字，霧子小姐說得對。

「咦……怎麼會這樣？那應該是我記錯了……畢竟當時只是小學生，真抱歉。」

我整個人縮成一團。信口批評推理小說的傳統手法，結果居然是我自己誤會。

「或許是我翻頁翻得太快，不小心看到下一頁的字……或是類似的蠢事，也都有可能。不好意思，我不該先入為主怪罪書本……」

「如果真的是誤會就好了。」霧子小姐嘴上這麼說，卻仍然低頭看著螢幕，反覆翻看電子書的頁面。這件糗事迫使我反省自己有多麼粗心又愚蠢，好不容易有機會跟霧子小姐吃頓飯，我一點也不想繼續這個話題，只想跟她聊些更開心的事。

「燈真，這是你母親挑的書嗎？我猜惠美小姐一定很想把你培養成推理書迷。」

「也許吧。我們兩個人的閱讀喜好完全不一樣，所以平常總會努力向對方推薦自己喜歡的書籍，能讓對方點頭說出『好看』的人就是贏家。我還記得，當我告訴她我對《魔法使多多》感到失望的時候，她也露出了非常惋惜的表情。」話剛說出口，才察覺我自己把話題繞了回去，我到底在做什麼啊。幸好，這時候我們的餐點正好送上桌，剛才的話題也隨之告了一段落。

「能和自己的小孩一起聊書，聽起來好幸福哦。惠美小姐也時常向我炫耀呢。」

霧子小姐邊把義大利麵送進嘴裡邊這麼說，我有些驚訝。炫耀？炫耀我什麼？

「與其說炫耀燈真這個兒子，她炫耀的更像是有幸身處於那種環境的自己吧。」

「是嗎，聽了心情有點複雜。」

「我很羨慕哦，因為那時我身邊沒有能聊書的朋友。現在相反，周遭所有人開口閉口都是書了。」

但一談起書總是殊途同歸地變成工作話題，霧子小姐露出有些寂寞的笑容說。

忽然間，我無法再繼續直視霧子小姐的臉，默默垂下眼睫。

在我身邊，也已經沒有人能夠陪我聊書了。

她已化為灰燼，拋撒在不知名的海域。眼神和說話聲都逐漸淡薄，到最後再也不復記憶。

短暫籠罩餐桌的沉默中，唯有湯匙與餐叉刮擦碗盤的聲響欲蓋彌彰地持續著。

「……燈真，非常抱歉。我總在無意間稀鬆平常地提及惠美小姐的往事，會不會讓你……」

「不會，我一點都不介意，真的。倒不如說，能聽妳聊起她反而更讓我開心。」

我連忙打斷她這麼說，這都是我的真心話。

「霧子小姐，要是妳在這方面太過見外，我才會大受打擊。」

我找不到恰當的形容。差點衝動說出「母親過世對我毫無影響」這種話，但這也未免太冷血了。

「這樣呀。燈真，謝謝你願意這麼說，聽了這番話，我也比較放心。只是……」

霧子小姐語氣消沉地喃喃說：

「因為你平常、嗯……都表現得非常可靠，我不小心就會若無其事地提起她。」

非常可靠嗎？我能夠理解她的意思，但這形容實在搔不到癢處，我不太贊同。

大概是為了避免傳達出「親生母親死了卻一點也不悲傷的冷血之人」這種指責意味，霧子小姐才慎而重之地選擇了這個形容詞。

「其實我不太有那種……她已經不在世上的感覺。為什麼呢……可能是因為我家本來就是單親的關係吧。假如原本父母親俱在，當其中一方死亡，或許看見剩下的那一方，還能體認到自己的家庭缺了一塊。但我家原本就只有母親一個人。」

說話方式不必要地繁瑣，充滿了解釋，證明我對於如何解釋這感受毫無頭緒。

「我們不是常用『好像開了個洞』來形容這種感覺嗎？我覺得好像也不太貼切。原本就只有兩個人的家，再失去一個人，那顯然不只是『洞』，簡直像整個天花板都不見了一樣。但失去了天花板，短期內也不至於妨礙生活，所以就這麼渾渾噩噩地在原處起居度日。萬一下起雨就傷腦筋了，但反正目前沒有下雨跡象，大概就像這種感覺……啊，抱歉，很莫名其妙吧。」

想改以更容易消化的方式表達，最後說出的話總像脂肪一樣毫無彈牙的嚼勁。掛記著不要說得過於沉重，措辭卻又被壓得太輕太薄，風一吹就飛走。畢竟是兩年間一直放置原地、從未整理的心情，我想不可能那麼輕易以言詞表達清楚。

霧子小姐卻理解地點了點頭。

「燈真，你是能以言語刺中聽者心臟的人呢。」她突然這麼說，教我大感混亂，不明白她的意思。

這又是她特意選擇的、某種迂迴婉轉的措辭嗎？為了避免引起任何的不愉快。

「呃，總而言之，霧子小姐，妳願意和我聊母親的事情——」

我有些語無倫次，但還是努力繼續說下去：

「我很感謝，而且聽妳聊起她不為人知的一面也很有趣。嗯、總之，今後也請多指教了。」

「好，我知道了。我也很高興哦。」霧子小姐這才終於露出笑容，我鬆了口氣。

吃完午餐，我和霧子小姐道別後返家，在一番猶豫之後打了電話給松方朋晃，心情沉重。

雖然已拖了太久，我還是將宮內差點殺過人的事轉達給他，不出意外被罵了。

『天啊，這麼重要的事，你怎麼不早點講？』

我可是你的客戶！他如此責備我。關於這點，我無從辯駁。

「是的，真的很抱歉。然後……根據那位東堂編輯所說，當時阻止宮內彰吾殺人的是他的太太。」

電話那一頭，松方驟然沉默。看不見他臉上的表情，我提心吊膽，掌心冒汗。

他是在思索，還是仍在生氣？

『……你說我老媽？也就是說，關於那份原稿，老媽或許也掌握了什麼線索？』

「確實有這種可能。」我答道，內心鬆了口氣。看來他已經不那麼火冒三丈了。

松方朋晃不悅地咂了咂嘴，再度陷入了沉默。這一次，我感覺得出他在思考。

在一聲略顯刻意的嘆息之後，他百般不情願地說：

『唉，真沒辦法……我去問問老媽吧，這種事情總不能叫你去問。反正我也還有其他事得找她處理，就順便吧。要問哪些問題，你整理一下，再發郵件給我。』

「謝謝，真是幫大忙了。」我說完，掛斷電話，才覺得自己不該為這件事道謝。

難得今天和霧子小姐共進了午餐，卻因為這通電話，所有餘韻都被破壞殆盡。

第7章

三天後，應松方朋晃的要求，我再一次出發前往高輪。這天從早開始便萬里無雲，卻是氣溫驟降的冷天，等候電車期間，耳朵暴露在冷風吹襲之中，一進到暖氣開放的車廂，便腫脹似的發痛。三月已過了一半。假如三月底，進入新年度之前無法尋獲原稿，便放棄出版——松方是這麼說的。目前情況不樂觀，線索雖有所增加，卻雜亂無章，無從鎖定原稿的確切所在。

假如就這麼超過期限卻找不到稿子，我該怎麼辦呢？一半的酬金便拿不到了。我確實有意自掏腰包繼續尋找。一方面是好奇，另一方面這也能成為定期與霧子小姐聯絡的藉口，我動機不單純。四處尋訪各式各樣的人，其實也別有趣味。

不過我還有書店的打工要忙。

我沒有那麼多存款能遊戲人間，不太可能在無法帶來實際收入的調查上持續投注時間與交通費。

無所謂，這就等到時候再想吧。至少目前，各種經費還可以向松方朋晃請款。

我抵達了位於高輪的六層樓公寓，按對講機呼叫松方朋晃。

松方出來替我開門，看起來心情糟到極點。

「爛透了，一想到那種傢伙是我媽就讓人作嘔。早知道事情會這樣，我不如直接叫你去。」

雖然不曉得發生了什麼事，但這人講話還真強人所難。我已經開始想回家了。

難道沒問到話嗎？聽我這麼問，松方回答，問是問了，但有問跟沒問一樣。我莫名其妙。

總而言之，他先放我進了屋。環顧屋內空間，這裡比我上次來時更加凌亂了。

「那天，我先問了她老爸差點殺死人的事。」

松方在沙發上坐下，一手端著罐裝啤酒，神情苦澀地說道。

「結果她什麼也不知道。而且一聽說事情始末，居然叫我把版稅讓給她。那女人腦子裡只有錢。」

你沒資格說別人吧？好在脫口而出之前，我把這句一針見血的話倒吞了回去。

松方喝著啤酒，繼續說下去：

「我說她沒有那個權利，她竟然開始鬼扯，說她跟老爸離婚時沒有拿到賠償。」

「沒拿到賠償？可是我母親不是長期匯款給宮內老師嗎？每次都匯一小筆錢。」

「誰知道。可能老爸他根本沒墊付什麼賠償金吧，只是找藉口跟你母親討錢花用而已，我看他那時候手頭也很緊，到處在籌錢。」

「藤阪惠美」那一整排金額與日期都參差不齊的匯款紀錄，浮現在我的腦海。我母親是自由接案的校對人員，收入絕對稱不上優渥，幾個月一次數萬圓的開支，對她而言必定也是筆不小的負擔。討錢花用？憤怒在我胃底緩緩激起一股熱意。

「更何況老爸好像還謊報了目黑那棟房子的出售額，為了在分配財產時得利。」

這意思是——那個突然從房屋仲介轉入一千萬圓的帳戶，是為了在分配財產時作假帳、偷藏私房錢才辦的嗎？本來就是用來做虧心事的帳戶，所以後來直接當作跟我母親討錢用的戶頭？不，不能妄下定論，這一切只基於宮內彰吾前妻和兒子的證詞，往生者已無法站上法庭，也請不了律師為自己辯護。明知如此，憑我自身的意志力，仍然止不住負面的想像不斷延燒。

母親生前總是說，為了不給宮內老師造成麻煩，她從來不跟對方有任何牽連。該不會那句話，其實是「不想再有任何牽連」的意思？在宮內死乞白賴之下，她不得不花錢消災，但除此之外，再也不想和他有任何牽扯。倘若真是如此——

那我母親真是個可悲的女人。

我不願相信自己的母親如此愚蠢。但仔細一想，從涉入婚外情那一刻起，她就已經不夠聰明了。

「——那女人從以前就愛多管閒事，還會擅自翻看別人手機和錢包，煩死人。」

松方還在說話，只是我剛才陷入思索，沒專心聽他發牢騷。

「幾乎都在聽她說教和抱怨，跟沒問一樣。」

他捏扁空罐，扔進垃圾桶，又拿出下一罐啤酒，拉開扣環。他的說話聲已開始有些發啞。

「所以我那天去找她，沒有任何收穫，也沒找到任何新線索，完全白跑一趟。」

特地叫我過來，就只為了說這件事？我也白跑了一趟啊，難道你想讓我嘗嘗同樣的滋味？

我將湧上嘴邊的冷言冷語吞回腹中，然而內心想法似乎下意識表現在臉上了。

「呃，除了這件事，我還找到了一樣東西。」

松方語帶尷尬地說著，將易開罐擱在桌上，起身走向書房。

從書房回來時，松方拿了一疊紙給我。紙上畫著密密麻麻的格子，是稿紙——

不，好像不太對。

那不是普通的四百字稿紙。首先紙張的尺寸就大得多了，目測約為B3大小。

因此，格子數也多得不尋常。

「這是什麼？」我詫異地問：「是稿紙嗎？但我從來沒看過這麼大張的稿紙。」

「我不曉得，從老爸房間的壁櫥裡翻出來的。」松方往書房的方向努了努下巴。

「其實之前就找到了，但因為全都是白紙，我就先擱置了。後來聽你講到稿子拿去校對什麼的，我想說會不會跟這些紙有關係。」

「不是啊，校對不會用到這種東西。」我詫異地回答他。但靜下心來仔細一瞧，那些神秘稿紙一張容納的字數，和書本一個跨頁的字數差不多。這是專供謄寫用的稿紙嗎？為了呈現實際印刷成書的版面，在謄寫時預先看出文章排列的效果？

「是喔。我不懂啦，反正我不熟出版。你仔細看，這稿紙好像是他親手畫的。」

「啊，你說得沒錯。紙上有些地方的線條畫出格了，也有些地方看得出墨水暈開的痕跡。材質摸起來也是影印紙，可能只是用量尺手工繪製，再拿去影印而已。這些都是宮內老師自己親手製作的嗎？畢竟這個尺寸、這個字數的稿紙，在市面上也不可能找到現成品。你在家裡找到的都是白紙嗎？有沒有已經寫上文章的稿紙？你有沒有看過宮內老師使用這種稿紙寫作？」

「要是有的話，我早就拿給你看了。我在家找到的只有這疊，全部都是白紙。」

松方一臉不耐煩地說，不知情的人看了還以為是我為了無聊小事叫他出來，講了一堆毫無價值可言的廢話給他聽。這傢伙怎能這麼讓人不爽，簡直大開眼界。

「那這些稿紙用在哪個時期？」

「誰知道，我也是在老爸死後才進到他房間。你把這東西拿給編輯看，應該能打聽到一些消息。」

有道理，宮內彰吾使用這種稿紙撰寫的原稿，或許正好保管在某位編輯手上。

「那我可以拿一張稿紙走嗎？我會帶著它到處去打聽看看。」

「好。打聽到任何情報，記得馬上告訴我。」

松方好像對我沒在第一時間轉達殺人未遂的消息耿耿於懷，關於這點，我只能老實道歉。

再待久一點，我擔心他又要沒完沒了地抱怨起母親，於是及早辭別了松方邸。

一回到家中，我立刻察覺情況有異——玄關的門鎖竟然開著，明明我每次出門都會上鎖。

是我忘記鎖門了嗎？我反芻著記憶，走進屋內，更強烈的異樣感卻一擁而上。各項物品擺放的位置和我出門前不太一樣。

寶特瓶和馬克杯原本放在桌面的中央，此時卻被推到邊緣。原先被我隨手扔在地板上的提袋被推到了椅子底下，我剛捲成一圈收拾整齊的耳機線也散開了。

都是些微不可察的變化，但我一個人住，家裡東西又不多，一眼就看得出來。

有人趁我外出闖進屋裡……？

「有人在裡面嗎？」我扯開嗓門這麼問。屋子裡鴉雀無聲，唯有一片寂靜籠罩。萬一闖空門的竊賊還在屋內，一被我撞見，就在情急之下出手攻擊我怎麼辦？我提心吊膽地巡過廚房、浴室、臥室，都空無一人。是我想太多嗎？我回到客廳，再一次環顧室內，物品擺放位置確實不一樣。

「是管理員嗎？請問有什麼事嗎？」我再一次高聲詢問。剛才想了一下，除了我以外，只有公寓管理員能打開這一戶的門鎖、進入屋內，可能是屋子有什麼地方需要維修檢查也不一定。但屋內一片死寂，沒有任何回音，我感受到一股寒意。

我打電話給管理室，詢問他們剛才是否有事進入我家，得到的答案是：沒有。

我開始檢查是否有任何物品遺失。說是這麼說，但我家裡幾乎找不到任何值錢的東西。存摺沒被拿走，都還好好放在母親房間的抽屜裡，但抽屜內可見明顯的翻動痕跡。置於書架上的各式書籍和檔案夾有好幾處向外突出，很顯然被人翻看過，疊放在一起的信件排列順序似乎也有所改變。果然有人闖空門嗎？家中最有價值的東西大概是筆記型電腦了，不過電腦還在。

什麼都沒丟失嗎？我在餐廳的椅子上頹然坐下，一口氣把寶特瓶裡的水喝光。這個週六未免也太倒楣了，早知道不要出門多好。大老遠跑到高輪去，也沒什麼斬獲，只聽松方朋晃不停抱怨他母親，回家竟然還發現家裡被小偷闖了空門。沒有損失是不幸中的大幸了。

想到這裡我猛然回神，衝進自己的臥室。書桌上，電腦旁邊──只有喇叭、滑鼠、筆和頭痛藥。

不見了──宮內彰吾的寫作筆記和手機不見了，我明明把它們放在桌上才對。抽屜、書桌底下、垃圾桶裡，我全都找過一遍，還是沒有。

我深呼吸，要自己冷靜，回想之前的情況。

我記得記事本和手機確實放在桌上沒錯。被偷走了？那種東西有誰想偷，又有什麼目的？

一定是知道我正在設法尋找宮內遺稿的人──除此之外，我想不到其他可能。

我打電話找霧子小姐商量，她立刻趕到了。我原本不想打擾她休假，但她說什麼都要來。

「你報警了嗎？有沒有聯絡公寓管理員？事不宜遲，我們現在就把門鎖換掉。」

霧子小姐臉色發白，滔滔不絕地說了一串。

「值錢的東西都沒被偷，所以我沒報警……沒有那麼嚴重。」

「總之，請你一定要換鎖，否則太疏於防備了。沒有防盜監視器嗎？門上裝的好像不是自動鎖？」

「畢竟這已經是老公寓了……我母親買下這間公寓的時候，我都還沒出生呢。」

若是租屋，我還能搬到別處。

「請公寓管理員張貼告示，提醒左鄰右舍防範小偷吧，光是這樣也會有效果。」

我還在不知所措，霧子小姐已經代為聯絡管理員談妥了一切，讓我肅然起敬。

事情處理完畢之後，我泡了熱茶，兩個人一起稍事休息。我把先前發生的事向霧子小姐轉述過一遍，她短暫露出了沉思的表情。

「只偷走寫作筆記和手機，那可能作案的嫌疑人就相當有限了。首先是看過這本筆記的出版業人員，也就是之前燈真你去見過的那些人。此外，我記得和老師交往過的那些女性，也看過那本筆記吧？偷走這些東西，不曉得有什麼動機……」

對方是和我擁有同樣目的的人？打算搶在我之前，先找出宮內彰吾的遺稿嗎？

這麼做有什麼好處？唯獨握有著作權的松方朋晃才能將那份原稿換成金錢，除此之外的任何人即便偷了稿子，也毫無價值。難道打算做為徹頭徹尾的「剽竊」之作，以自己的名義出版嗎？但我實在不覺得這樣出版的書會賣得多好。還是對方不希望這本書面世，意圖在於妨礙出版？犯人或許知道原稿中寫著對自己不利的內容？我不知道，整件事不透明的地方太多了。

頭開始痛了起來。我牢牢捧著熱氣直冒的馬克杯，整個身體卻還是冷得像冰。這週六簡直倒楣透頂。我真是受夠了松方朋晃，甚至對宮內彰吾也開始感到憤怒。好不容易見到霧子小姐一面，我內心的內疚與抱歉卻遠多過於開心喜悅——

啊，霧子小姐還坐在我面前！

「……對、對不起，難得妳特地過來一趟，幫了這麼多忙，我卻突然不說話。」

我慌慌張張地說。

「沒關係。燈真，你一定也累了吧，畢竟書店休假的日子，你還要尋找原稿。」

「啊，該怎麼說呢，我感到疲倦的並不是這方面。那個……」

我揀選著恰當措辭，將松方邸的事告訴她。

我不太敢把內心對宮內彰吾的憤怒說出口，可是在霧子小姐面前，我實在很難有所隱瞞。

「賠償金？……原來是隱匿財產。所以才匯到那個戶頭……」霧子小姐喃喃說。

「不、那個，其實也不能肯定。關於金錢都是松方單方面的猜測，也不是那麼重要的事。」
「別這麼說，這非常重要。所以燈真，你因此失去繼續尋找原稿的意願了嗎？」
「這倒沒有。我反而還變得更有動力了——」
我開始想見識看看他的能耐了，這種心情難以向旁人解釋。
我想見證那個平生任性妄為到了極點，給所有人添盡麻煩的父親，在生命最後究竟寫下了什麼。
這並非出於好奇心，也不是為了瞭解父親的遺志，而是更卑劣、低俗的動機。近似於想要揭他瘡疤的心情。
「世界上最透明的故事」這個標籤，會被他貼在什麼樣冠冕堂皇的漂亮話上頭？我想揭穿那層表象，倘若那是充滿自我辯護與欺瞞的故事——我會大肆嘲笑。
「這樣呀。無論基於什麼理由，聽到這個答案都太好了。」霧子小姐微笑道。她個性敏銳，總覺得我骯髒的想法已經被徹底看穿。
「這次的失竊案件，雖然不知道竊賊是誰，但假如對方的目的是取得遺稿，不就表示那份稿子值得冒這麼大的風險嗎？想到這點，我就覺得絕對要找到它。雖然這種心情，和霧子小姐妳單純作為讀者、想讀到它的期待，又相當不一樣了。」
「太好了，不枉費我從旁協助。那接下來呢？你的調查方針已經決定好了嗎？」

「噢，已經有一些想法了。宮內老師生前交往的那些女性當中，我還約到了另一位，所以會先去找她談話。這位好像是女演員，行程非常忙碌，得等到下週才見得到面。還有宮內老師住在安寧照護中心的時候，照料過他的那位照護員也聯絡上了。她也是大忙人，因此要等到這個月底才撥得出時間，不過我也會去找她談話。此外……對了，松方朋晃給了我一樣東西。」

我取出那張稿紙，向霧子小姐解釋我的猜測。霧子小姐接過稿紙，點了點頭。

「燈真，你說得有道理……其實據我所知，有不少作家都傾向直接使用成書時的版面寫作，如果宮內老師想以手寫方式辦到這件事，就必須使用這種稿紙了。」

連編輯也這麼說就更可信了。

「不過，這張稿紙還是有些地方不太尋常。我剛剛才注意到，上面有幾條格線刻意畫得特別粗。」

我伸手指向紙面。格子與格子交界處的橫線，有幾條稍微比其他線更粗一些。

「燈真，你真細心，居然能注意到。你不說我完全沒發現。」

霧子小姐欽佩地睜大眼睛，我有點難為情。

「剛開始我也以為是因為手繪，線條才顯得粗細不一，但其實他好像特地換了更粗的筆。」

紙面上可看出十幾處較粗的格線分散在各處，像製作到一半的爬梯子抽籤圖。

「第二行……第六格。第四行……第二十一格。第五行……第二十八格。有什麼規則嗎？」

霧子小姐的手指滑過空格，一一數算粗格線的位置。她的個性真的相當仔細。

「位置分散不一，好像看不出任何規則——」

說到一半，霧子小姐打斷我，將稿紙摺成兩半，對光舉起。

「粗線的位置是左右對稱的呢。從正中間對摺，粗線會剛好重合在一起。透著光看就很清楚了。」

經她這麼一說，還真的是這樣。能注意到這種細節，她也是非常細心的人啊。

但霧子小姐也只能解析至此。

「目前只知道這些了。不曉得老師這麼做的意圖，也不能確定他是有意為之。」

她將對摺的稿紙再次攤開，上下反轉、翻到背面，嘗試以各種角度仔細打量。

「其實松方也不確定它是否用在書寫遺稿，甚至不確定它是否真的是稿紙。製作時期也無法釐清，說不定它跟遺稿完全無關呢。」

「我會在力所能及的範圍內確認看看。我們出版社的高梨小姐長期擔任宮內老師的責任編輯，也許她會有其他線索。也可以找先前你也見過的東堂先生，以及其他出版社的宮內老師責編討論一下——啊，對了，這張稿紙可以借我影印嗎？」

「好呀。不然霧子小姐，正本直接交給妳保管吧？反正我也不知該從何查起。」

「好，那我就代為保管了。那燈真，我先告辭囉，今天休假日還到你家叨擾，真不好意思。」霧子小姐說著，站起身來。她這麼說讓我過意不去，打擾到她休假的明明是我。我只是每週到書店上三天班的打工人，而她是知名出版社的文藝編輯，兩者休假怎麼可能相提並論，價值差得太遠了。我歉疚到不小心脫口說出：

「我才打擾了，改天有空，讓我請妳吃頓飯吧。」

「可以嗎？我好高興哦。那麼擇日不如撞日，乾脆就挑今天吧，我剛好有空。」

就挑今天？未免太突然了吧，我嚇得整個人往後仰。當然，我剛才說的完全不是客套話，是真心想請她吃飯，但這樣對心臟不好，拜託讓我做點心理準備啊。

「今天嗎？好，那、那個……」

「不過，現在還不到晚餐時間呢。想好要去哪一間餐廳了嗎？如果那附近有書店的話，我們——」

眼看霧子小姐面不改色地安排起來，我頓時慌了手腳。這時，我的手機響了。是七尾坂瑞希打來的，那位曾經和宮內彰吾交往過的作家。

我指指手機，向霧子小姐欠身說不好意思。

『嗨，我是七尾坂，突然致電不好意思。那天跟你見面之後，我到處找人問了彰吾的事。』

「謝謝您，您願意這樣幫忙，真的太感謝了。所以……後來有什麼新消息嗎？」

『聽說，彰吾先前難得跑到推協的理事會上露了一次面。而且還是近期，去年夏天的事。』

到作家集會上露面？去年夏天……按照時期推算，當時他的病情已相當惡化。

『那時，他們好像聊到了寫作相關的話題。』

「真的嗎？有沒有辦法找到當時在場的人，詢問一下詳情？」

『有位評論家專門負責統籌協會相關事務，我約了他今天見面，現在要過去。你要不要一起來？』

今天？現在？事情過於突然，面對再一次突如其來的狀況，我有點頭昏腦脹。

「呃抱歉，我今天有客人……」

「不用在意我，我們可以約改天就好。」霧子小姐幾乎沒出聲，以唇語這麼說。

這我也不太樂意，霧子小姐工作繁忙，一旦改期不知什麼時候才能再約到她。

想到這裡，我靈光一閃，請電話另一頭的瑞希小姐稍等一下，將來龍去脈告訴霧子小姐，詢問她是否願意一起去見那位評論家。

「七尾坂老師嗎？我見過她。真的嗎？我也可以一起去？當然好，我也想直接聽大家聊聊宮內老師的事，那就客氣不如從命了。假如現在出發，等到我們談話結束，差不多也到了晚餐時間。至於伴手禮，不如就在車站買點東西帶過去吧？」

一切事宜都太過順利地一一敲定，就連一開始提議的我，也感到有一點害怕。

第8章

推理小說協會的辦事處，位於南青山一棟造型有些復古的新式公寓內部。建築外型別具特色，高樓層面朝街道的部分呈階梯狀，從遠處一眼就能看見。我們和瑞希小姐約在現場碰面，因此建築物本身容易辨識真是幫了大忙。當我和霧子小姐抵達公寓，瑞希小姐已經在停車場前方等候我們了。她穿著淺米色春季大衣，搭配白色西裝褲，比上次見面時看起來更加年輕。

「七尾坂老師您好，好久不見，我是S出版社的深町。」霧子小姐先打了招呼。

「深町小姐，好久不見。嗯？彰吾的責編是妳嗎？好像不是吧，我記得你們那邊的責編一直都是高梨小姐。妳怎麼會幫忙尋找原稿呀，果然是因為感興趣嗎？」

瑞希小姐以輕鬆的語氣問道。

「是我以前經常和藤阪惠美小姐合作的關係。不過當然，一方面也是因為我很想閱讀那部作品。」

聽見霧子小姐這麼回答，瑞希小姐爽朗地笑了，然後我們一起走向公寓入口。

「今天真的很謝謝您，我完全沒想到當天就有機會見到面。」

等候電梯的期間，我向瑞希小姐低頭致謝。

「別客氣，我剛好順道來協會辦點事。還有，協會好像也有東西想交給你，真的太巧了。」

「想交給我？協會的人——有東西要給我嗎？」我嚇了一跳，心裡完全沒頭緒。

協會的辦事處是平凡無奇的一間公寓房間，只是有張小小的門牌寫著「推理小說協會」。

「歡迎各位！七尾坂老師，好久不見了！進來吧，裡面有點亂，請不要介意！」出來迎接我們的，是個二十歲左右的青年。

「深町小姐還記得我嗎？去年S出版社尾牙，我和師父——」他熱情地說著，帶領我們進到屋內。走進客廳，便看見另一名男性從右邊靠裡側的門探出臉來。

「噢，各位好啊，歡迎、歡迎。三澤，我來泡茶就好，你回去忙你的沒關係。」

「可以嗎？那我就先失陪了。」

「請坐，雖然這裡沒什麼東西能招待各位……還帶了伴手禮啊？真是費心了。」名叫三澤的年輕人走進屋內深處去，改由那位有一點年紀的男性來接待我們。他的頭髮幾乎已經全白，戴副黑框眼鏡，眼神給人一種一絲不苟的印象。穿著薄針織外套配卡其褲，看起來大概六十歲上下吧。

「初次見面，你好。敝姓粕壁，負責管理推理小說協會的各項事務。」那位先生向我遞出名片，接著目光飄向背後的門：「剛才那位是三澤蓮司，一位撰稿人，在這裡幫忙處理一些行政工作。我們正趕著把這個月的會刊寄給所有會員呢。」

「啊，您好，我叫藤阪燈真。我是、呃……」每一次自我介紹都讓我傷透腦筋。

「噢，別擔心，情況我大致都聽瑞希說過了。你真的長得跟宮內先生好像啊，我剛才在玄關看見還嚇了一跳。很多人這麼說嗎？我想也是，大家就算聽過傳聞，實際看見長相還是相當震撼。聽說你在尋找父親的遺稿，哎呀，我真的是太高興了。宮內先生的兒子，我是說朋晃先生，他對文藝領域一點也不感興趣，我一直覺得很可惜。沒想到宮內先生還是有接班人的。」

我一聽，內心頓時一陣慌亂。什麼接班人？我尋找原稿可不是為了繼承父業。

「所以，我有件東西想交給你，就是宮內先生的會員證。最近正好到了更新會員證的時期，協會已經製作了新的卡片，但寄給朋晃先生嘛，橫豎也是被丟掉。」

會員證。我收下也沒用處啊。

「我們也捨不得丟棄。雖然稱不上故人遺物，但還是希望你收下它，就當作令尊的一個紀念吧。」

話都說到這個份上了，我總不可能拒絕。「好的，感謝您的好意。」我回答。

然而粕壁先生卻看向桌面，困惑地「咦」了一聲，喃喃說：

「記得我把它放進信封，擱在那裡才對……」

粕壁先生打開隔壁房間的門問：「三澤，桌上的信封——」話說到一半，聲音戛然而止。

「喔，因為信封剛好不夠的關係，我就先拿去用了。」三澤的聲音從裡面傳來。

眼看粕壁先生抱頭苦惱，我好奇地越過他的肩膀窺視隔壁房間，一看就知道是怎麼回事。

兩張並排的長桌上，排列著大量的褐色信封，看那數量絕對不只一、兩百個。其中約有半數的信封上已貼好了姓名住址。

「你記得剛拿來的信封是哪一個嗎？」粕壁先生的聲音發抖。

「不，我也不記得了，剛才一直腦袋放空，只顧著貼信封……裡面有東西嗎？真的非常抱歉……」

「沒關係，三澤，是我忘了先告訴你，這不是你的錯哦。但這下傷腦筋了……」

「怎麼回事呀？」瑞希小姐問。

「哎呀，我把宮內先生的會員證放在信封裡，結果它和這些信封混在一起了。」

「封口已經全部都被我黏起來了，真的非常抱歉，應該只能一一拆開來找了。」

「可是，信封一經拆開就無法再重複利用，必須重新製作了吧？」霧子小姐也來到房間門口，一臉擔憂地說。粕壁先生搔了搔頭。

「唉，沒有其他辦法了。雖然對三澤感到很抱歉，我們還是一個個拆開來找吧，希望運氣夠好，及早找到它，才不會犧牲太多信封。」粕壁先生雖然這麼說，但我聽了忍不住想勸阻他不必這麼大費周章，反正我也不是特別想要那張會員證。

「會員證是四方形的厚紙卡吧？隔著信封應該摸得出來才對。」瑞希小姐提議。

「哎，傷腦筋的是這一期的會刊和會員證一併寄送，信封裡本來就裝著每個人各自的新會員證了，光憑觸摸恐怕很難分辨。」粕壁先生無計可施地聳了聳肩膀。

「既然如此，表示其中有個信封裝著兩張會員證——」可是你想，會員證有可能被夾在會刊中間啊？不然搖搖看好了，應該聽得出聲音不同吧？大家你一言、我一語地提議起來，我在一旁越聽越覺得無所謂了。

我無意間看向排滿整張桌面的信封，忽然注意到其中一個，於是朝它伸出手。

「……那個，不好意思打個岔，我猜應該是這個信封。可以把它拆開看看嗎？」

「咦？噢，好的，當然沒問題，但為什麼……」粕壁先生困惑不解地眨著眼睛。

我撕開剛剛黏好不久的封口。

從裡面取出摺成三折的小冊子——推理小說協會的月刊——然後是淺綠色名片大小的兩張卡片。

「你怎麼會知道是這個信封……」粕壁先生睜大雙眼，凝視著其中一張會員證。

茲證明松方朋泰（宮內彰吾）先生為推理小說協會會員——

果然是這個信封沒錯，我內心鬆了一口氣。

「這從以前就算是我的特長吧，能一眼看出異樣感。我覺得這個信封看起來好像特別厚。」

「哇噢，這真是太厲害了，簡直像名偵探一樣，真不愧是宮內先生的兒子啊。」

「說起來惠美小姐也告訴過我，燈真幫忙校對的時候，總能以驚人的精確度挑出錯誤呢。」

「咦，那你打算繼承校對工作嗎？這種特異功能肯定更適合當推理作家才對。」

這兩者都不是有家業可以繼承的工作好嗎？

「哎呀，總之，順利找到它真是太好了。來，請收下它吧。」

我心情複雜地接過宮內彰吾的會員證，收進襯衫口袋。大家把三澤獨自留在房間，回到了客廳。

「各位才剛到訪沒多久，就鬧出這場騷動，真不好意思啊。外面還是很冷吧？」

粕壁先生為我們端出了熱茶。

「宮內先生——令尊的離世，讓我相當遺憾。他比我小一歲呢，實在很感慨。」

粕壁先生感傷地喃喃說，我不知該說什麼。因為我內心不存在哀悼他的情緒。

「他心中肯定還有許多絕妙的構想吧，我們喪失了無可取代的優秀小說家，天妒英才啊，太可惜了。我還想再多讀些他的作品。」

「我也是同樣的心情。」聽見霧子小姐這麼說，我心中一陣躁動。大家真的都只談論「身為作家」的宮內彰吾。當然，我為了尋找遺稿，這段時間頻繁與出版業人士互動，聽到這種評價或許也不奇怪，但這還是讓我煩躁到不可理喻的地步。

「畢竟創作小說的才華是沒辦法繼承給下一代的東西呀。」瑞希小姐嘆著氣說。

「是呀……也不是能拜師學習的技藝。雖然作家之間還是存在師徒關係，但那只是為了業界內行事方便，或是獲取工作上的人脈，只幫得上作品之外的忙啊。」

「粕壁先生，你剛剛不是才說燈真是彰吾的接班人什麼的。」瑞希小姐調侃道。

「哎呀，那個啊，是我太高興啦，一時嘴快。說到作品以外的部分，宮內先生的那些特質啊，我看反倒是不要繼承還比較好——」

說到這裡，粕壁先生尷尬地住了嘴。我意會過來，謹慎挑選著措詞，告訴他：

「沒關係，聽到我父親不太體面的事蹟，我也不會介意。倒不如說，我看新聞就能得知他是個很厲害的作家了，所以他生前為人如何，反而是我更想知道的。」

粕壁先生垂下肩膀嘆了口氣。

「這樣啊。哎，也對，雖然我也希望你繼承父親好的一面就好。」都說我沒有要繼承他的衣缽了。

「彰吾這個人啊，可說是最棒的玩伴，但我確實不想與他共事。」瑞希小姐說。

「哈哈，我在T出版社六十週年紀念選集時也傷透了腦筋。」

粕壁先生垂著八字眉苦笑，搔了搔太陽穴。

「這本選集從年輕到資深作家的作品都有，我們也向宮內先生邀了稿，不料最後關頭……」

宮內讀了收錄在同選集當中的年輕作家作品之後，竟然把它批評得一文不值。

「他說不想跟這麼爛的小說收錄在一起。跟他相比自然是拙劣了點，但也有不同魅力啊。」
結果宮內不願寫稿，粕壁先生只好四處拜託別人幫忙，總算填補了那個空缺。
「這方面的話題，果然還是先到此打住吧。」
粕壁先生苦笑著說完，轉而看向我，換上一副認真的神情。
「先不論當不當推理作家，你在尋找他的遺稿吧。太棒了，如果有我能幫得上忙的，請儘管說。」
談話終於進入正題，我內心鬆了口氣，簡單向他說明了一下事情的來龍去脈。
粕壁先生點了好幾次頭，說：
「所以，你才想問他跑來理事會時的情況啊。都是些小事，不曉得是否有用。」
「無論是多瑣碎的事都好，畢竟現階段，也不知道哪些情報能成為關鍵線索。」
你這說法也很有推理味道哦——粕壁先生笑道，回頭看向他背後的書架。上頭整齊擺放著推理小說協會發行的年鑑、選集等等。
「宮內先生當了很長一段時間的協會理事。他個性外向、喜歡社交嘛，也經常到這裡露面。自從罹患癌症之後，他便辭退了理事工作，也不再參加聚會了。所以我也沒想到，去年六月居然能見到他……那時京極先生剛當上協會理事不久。」
「京極夏彥老師嗎？」霧子小姐問。出現這麼耳熟能詳的名字，我也大吃一驚。

「沒有錯。那天理事會結束之後，我們辦了場酒會，宮內先生就在這時候突然跑到現場來，說他想跟京極先生打個招呼。但不巧京極先生那天沒參加酒會，宮內先生因此大失所望。要是他過來之前先聯絡一聲就好了……聽起來，宮內先生好像在寫作過程中碰到了什麼瓶頸，所以才想過來找京極先生請益。我們聽了都嚇了一大跳，沒想到他居然一直在抱病撰寫新作。」

京極夏彥的責任編輯參加了那場酒會，因此宮內全程一直都在跟那個人談話。

「我也在旁邊，聽到了部分談話內容。叫人驚訝的是，宮內先生居然在使用電腦寫作，想請精通文書軟體的京極先生指點一二。他本來可是堅決只用手寫啊。」

他果然改採數位方式寫作了？

「那麼，那部小說的原稿很可能不是稿紙，而是數位檔嗎？我一直以手寫原稿為前提在尋找……」

「這我也不敢確定。從旁聽起來，宮內先生對電腦實在不像是很在行的樣子。」

「我想也是哦。我也教過他電腦，有夠絕望。」瑞希小姐說。

粕壁先生回憶起什麼似的，呵呵笑出聲來。

「他有個毛病，就是期待電腦自動替他把所有事情都辦好……雖然談起這個實在不該笑。」

「也就是說，他以為電腦可以自動幫他把整本小說寫完嗎？」我不禁擔心地問。

「是不至於。只是軟體有自動校正吧？他好像誤以為那個功能連修潤工作都能幫他做好。」

自動校正功能聽起來厲害，但只能初步篩選出文件最有可能出錯的部分而已。只不過，已經談到修潤了，這是否表示——

「在談話的那個當下，他已經把整個故事寫完了，對不對？」

「應該沒錯。聽起來他趕著想出版，打算以文庫新作的方式出書，這樣企劃也比較容易過關嘛。」

「既然是宮內老師的全新作品，無論單行本或雜誌連載應該都能過關才對……」

霧子小姐在我身旁詫異地說。

「我也這麼想。可是那天，宮內老師和那位編輯討論的一直都是文庫的話題。」

說到文壇巨擘，大部分好像都是先在文藝雜誌連載，然後集結成精裝單行本。

「可能是這部作品的風格不太適合精裝吧？說不定是寫給年輕人看的，標題也那麼閃閃發亮，感覺很清新。」瑞希小姐從旁插話。

「這我就不知道了，他們那天完全沒聊到故事內容。京極先生的寫作方式實在非常獨特，責任編輯向宮內先生說了許多具體細節，光是這個話題，他們就聊得相當熱絡了。不過，對於電腦初學者來說，那些建議應該完全沒有參考價值吧。」

說到這，粕壁先生又想起什麼似的笑了。他頓了頓，猶豫一會才繼續說下去。

「哎，京極先生連執筆過程都在InDesign上進行，對吧？好像是這個緣故，宮內先生誤以為InDesign是什麼了不起的寫作軟體，還問他，要改版推出文庫本的時候，是不是只要把內文輸入進去，軟體就會自動改寫文章了？就連我都忍不住從旁吐槽，世界上要是有那麼方便的軟體，那豈不是整個業界都搶著要了。一聽說最後還是得手動修改，宮內先生似乎相當失望。」

科技白痴也有個限度吧，我目瞪口呆。拜託，他又不是八、九十歲的老人家。

「粕壁老師，您那天一直都在現場聽宮內老師他們談話嗎？有沒有可能宮內老師後來換到其他地方，和京極老師的責編更進一步討論細節呢？」霧子小姐問道。

粕壁先生聽了，點頭回答道：

「我一直在聽他們聊天。宮內先生在我們續第三攤之前就先行離開，我聽到的應該就是全部了。」

無論如何，這個話題感覺都不太可能問出原稿下落了，霧子小姐卻繼續追問。

「除了京極老師的寫作方式以外，他有沒有詢問其他問題？」

針對霧子小姐的問題，粕壁先生稍作思考。

「不，完全沒有。感覺他徹底只是為了和京極先生談話而來，所以當時也顯得非常失望。」

這樣呀，謝謝您——霧子小姐喃喃說完，就這麼噤口不語，陷入了沉思當中。

後來，三澤先生忙完手邊工作，走出房間加入我們，和瑞希小姐聊起了業界相關的話題。

但我幾乎聽得心不在焉，因為霧子小姐實在表現得太不尋常、太讓人介意了。她平常是個細心周到的人，今天卻不一樣。

居然放任作家在一旁聊天，獨自想事情。此時粕壁先生說：

「對了，藤阪先生，我看這個月的會刊也給你一份吧，有許多作家都為宮內先生寫了追悼文哦。」

宮內彰吾的追悼文。嚴格來說我並不想看，反正都是些華而不實的溢美之詞。但拒絕不禮貌，我於是收下。

「我還沒有見過宮內老師耶。聽說他聊天超級風趣又精采，真的是太可惜了。」

「宮內先生跟我同世代啊，三澤，他跟你應該聊不來吧。你跟我都聊不來了。」

「彰吾聊天的時候會配合對方的興趣和喜好哦，邊聊邊尋找適合的話題。啊，不過，他可能只有對女生才會這麼積極又體貼吧。」

「我倒是沒見過那樣的宮內先生。我們一群老人家聚在一起的時候，他也毫不避諱表現出對小說的癖好，聊的都是伯克萊、克勞夫茲、德克斯特、拉佛西這些推理名作家。我是聽得很開心啦，不過在年輕人面前，他應該會換別的話題吧。」

「年長一輩的作家，是不是都不讀最近的日本推理小說啦？」三澤惋惜地說道。

「應該不是不讀，只是不太會在人前提起吧。一旦聊到日本的新作，無論評價是褒是貶，都容易傳入作者本人的耳中啊。我想他們是顧慮這點，所以不主動提起這方面的話題。」瑞希小姐洋洋得意地解釋道，三澤聽了，使勁點了好幾次頭。

「原來如此，這麼說也是哦。畢竟在推協的聚會上，也有可能跟作者本人碰到面嘛。知名作家得這樣多方顧慮，感覺還真辛苦。」

「越知名的大作家越認真進取，所以無論國內外的優秀作品，他們都會閱讀。」

「還不只這樣，有了名氣之後，還必須當文學獎的評審呢。聽說也有人不讀作品直接評比就是了，但推理類的作家都是推理小說愛好者，大家都會一一讀完。」

就在這時，霧子小姐忽然說：

「……說得沒錯，宮內老師也發自內心愛著推理小說。只有這點，可說是絕對無庸置疑的事實。」

訝異的目光匯聚到她身上。畢竟她剛才一直保持沉默，現在卻突然開口說話。

「所以他人生最後的作品，肯定也是前所未見的推理小說。」

瑞希小姐和粕壁先生交換了個困惑的眼神。

很久以後回想起這天，我總會想，這時的霧子小姐究竟知道了多少？已經洞悉了全部嗎？

看在此時的她眼中，《世界上最透明的故事》是否已經隱隱約約浮現出輪廓？

辭別推協辦事處的時候，太陽即將西沉，氣溫也降低不少。我和霧子小姐一同走向車站。

「我對青山這一帶完全不熟，妳有什麼想吃的嗎？西式、日式、中式都可以。」

「過來的路上，有一間我感興趣的定食屋。」

我們一起走進了那間風格親民，不太有青山高級感的餐廳。

「今天有什麼新發現嗎？好像看妳一直在想事情。」點完餐，我在等候餐點上桌的空檔這麼問她。

「啊，剛才真是抱歉，在大家聊到一半的時候……」霧子小姐說著，低頭道歉。

「不，我沒有責備妳的意思。」

「今天聽到的內容，都非常有意思。……是的，我覺得我好像快發現真相了。」

我目不轉睛地凝視著霧子小姐的臉龐。快發現真相了嗎？我還如在十里霧中。

「意思是，妳已經知道原稿在哪裡了？靠著目前的情報？」我內心激動，下意識加重了語氣。然而，霧子小姐卻給了否定的答案。

「不是的，關於原稿的下落，我也完全沒有頭緒。這方面我也無從查起，只能依靠你的力量了，燈真。我在思考的是，《世界上最透明的故事》究竟是一部什麼樣的小說——這個問題不同於原稿的所在，感覺可以透過反覆推論找到答案。」

「可是——讀到稿子就會知道答案了吧？現在思考這個問題，好像沒有意義。」

「你說得沒錯，不過現階段，原稿還是有可能找不到吧？只要知道這部小說的內容，即使最後沒能找到原稿，也有辦法為這個故事賦予生命。聽了這麼多人的分享，我更加確信了——宮內老師想書寫的作品確實非常特殊，我由衷希望老師已經在生命最後完成了它。不只是出於身為讀者的共鳴，同時也是因為身為編輯的使命感，我非常渴望將這個故事送到讀者面前。」

沉靜而涼冷的熱情自霧子小姐唇間款款流洩而出，我有點受到她的氣勢震懾。她所說的這番話，有一大半我都似懂非懂。只要知道小說的內容——這是什麼意思？只要知道故事大綱、劇情發展，就能找其他作家續寫……是這個意思嗎？

「然後，我想聊聊你的事情。」

「咦？噢，好的……咦？妳說我嗎？」她唐突地換了個話題，我反應不及，發出了少根筋的聲音。

「燈真，今天我想多聊聊和你相關的話題。難得有機會和你一起共進晚餐嘛。」

「聊我的話題……說歸說，但我也不知道該聊什麼比較好。」

「當然是聊書囉，說說你最近推薦的書吧。」

太好了，我暗自鬆了口氣。我的生活中只有打工和尋找原稿，除此之外的話題也聊不來。

遺憾的是，我馬上就感到後悔莫及——對方可是一流出版社專責文藝的編輯。

我最近讀到的、有趣的書，霧子小姐早就全都讀過一遍了。我們天線的高度根本不一樣。

「看來我們閱讀的口味相近，很有共通話題呢。」霧子小姐以正面的方式解讀。

「不，是我看得太少了，都只看熱門的書。」

「燈真，你是不是不愛看有點年代的經典小說或外國小說？」

「是不至於，有好幾本我都想看，只可惜這類書籍往往沒有推出電子書……我都會向平臺反應。」

「不能閱讀紙本書真的很難受呢。這麼說來，你在學校都怎麼處理這個問題？」

我一時語塞，不知如何回答。

「呃，我也不是完全不能閱讀紙本書，只是容易分心而已，所以還算過得去。」

我在課堂上根本無法專注，要不是睡覺就是蹺課——我不敢老實這麼告訴她。

「我還是努力忍耐著讀完了課本。還有，雖然不知道為什麼，但幸好我可以正常閱讀考卷，因此最後總算勉強湊齊了足夠學分。」

「這還真奇妙，原來不是所有印在紙上的東西都無法閱讀呀。既然如此，之前有沒有遇過你能正常閱讀的書本呢？我猜你應該也嘗試過吧？畢竟府上有許多惠美小姐的藏書，而且你剛好也在書店工作，平常就生活在充滿書本的環境當中。」

她為什麼要如此積極追問這件事呢？霧子小姐有什麼想拿給我看的紙本書嗎？

「這個嘛……繪本類的書完全沒問題，我可以正常閱讀。在教科書當中，圖集、資料集這種彩圖或照片比較多的課本也沒有問題。……啊，還有，我想起來了，有一本小說我可以正常閱讀，是谷崎潤一郎的《春琴抄》。當時我看完漫畫版，覺得很有意思，就跟母親借了原作來讀。唯獨那本書，我讀了眼睛也不會感到刺痛，自己也不明白為什麼。是因為篇幅較短嗎？」

霧子小姐饒有興味地點頭。我們的定食送上桌了，但話題還沒有中斷的跡象。

「惠美小姐很喜歡谷崎呢，充滿幻想又妖豔，輕輕重疊於現實之上，卻彷彿發生在不同世界的故事……母子兩人能夠一同討論谷崎作品，感覺真是太美好了。」

聽她這麼說，我有一點抱歉。

「不，我只是順利讀完而已，其實稱不上喜歡。他的風格太文學了，文字密度太高，非常難讀。」

「這樣呀，那真是太遺憾了。剛才的感想，你也是這樣如實告訴惠美小姐嗎？」

「是的。因為我們母子間約好，讀書感想一定要實話實說。」

「那也是另一種美好呢。」霧子小姐笑著說。

「我的感想都很簡單樸實，但母親對我推薦的書不滿意的時候，那可真是太不留情面了。」

她會仔細分析缺點，甚至站在校閱者的立場提出專業批評——對著她的兒子。

這番話聽得霧子小姐樂不可支。像這樣重新和他人說起，感覺母親確實也是個奇怪的人。

有霧子小姐在真是太好了，我能尋常地聊起母親，彷彿她是個仍然在世的人。拜此所賜，這兩年間——我得以佯裝平靜。

倘若沒有她在，在母親與世長辭之後，我會變成什麼樣子？是否會將一切棄置不顧，獨自蹲坐在失去天花板的屋子裡，在雨水擊打之下融化成一灘爛泥呢？

抑或者表面上仍然維持著人形，日復一日，過著書店與自家兩點一線的生活？這兩者，都與現在相去無幾。

「藤阪燈真」這個人物的對白加或不加引號——就只有這麼點程度的微小區別。儘管如此，有個能夠虛張聲勢的對象仍然是一種救贖，即便我早已被她識破。

吃完定食，我們起身離開。這間餐廳的價格也很親民，真是得救了。外頭天色已完全轉暗，零星的街燈將行道樹影投在車道上。

「今天很謝謝你，感覺和燈真你的距離拉近了不少。」霧子小姐說道，邁步走向車站入口。一直到穿過票口、和她道別之後，我仍在思考她那句話究竟是什麼意思。只是尋常的一句客套話嗎？又或者，我可以稍微往自我陶醉的方向去想呢？很可惜，兩者皆非。得再過一陣子，等一切落幕之後，我才會知道這個答案。

第9章

下一週，我終於得以和第三位「宮內彰吾的女友」見面。對方是一位女演員，名叫郁嶋琴美。我沒聽過這個名字，搜尋了一下，意外發現她演過不少電影。她的演出作品清單上第七項，便是《殺意臨界點》，一部改編自宮內彰吾暢銷小說的懸疑電影。自十六年前首度主演電影之後，能看得出她的演藝事業開始蒸蒸日上，此後工作一口氣增加了不少。現年三十八歲。

這還是我生平第一次與藝人見面，心裡忐忑不安，不知對話能不能順利進行。我嘗試回想剛開始致電聯絡她的情形。她並未表現出困擾、不耐煩的態度，還特地為這次會面調整了行程安排。沒問題的，對方也想見我，我這麼說服自己。

到了中午時分，我走出家門。

外頭的天氣溫暖得教人驚訝。不久之前，不開暖氣還嫌太冷，今天穿著大衣卻熱得快要冒汗了。

走向車站的途中，我發現公園裡的櫻花已經冒出不少花苞，大得能清楚看見。春天就快來了——尋找宮內彰吾遺稿的期限，也即將到來。

先前我一拖再拖，差不多也該做出抉擇了。

三月結束後還要繼續尋找原稿嗎？尋找那個不被我視為父親的爛人，臨死前寫下的小說。

仔細一想，我至今還保留著「繼續尋找」的選項，確實是件很不可思議的事。

我們相約在赤坂一間飯店內的咖啡廳，走進過於寬敞的大廳，從左手邊往深處走就是了。

這種咖啡廳的價格，一杯咖啡該不會要價兩千圓吧，我提心吊膽地走進店裡。

這一次我搶在前頭，先找到了對方的位置。

是最裡側那桌，戴著太陽眼鏡的女性，我馬上就認出來了。

即使我沒有事先上網看過照片，肯定也能一眼看出是她。她渾身散發的氣場顯然不同於一般人。

我向店員說了一聲，往她那一桌走去，對方便也從智慧型手機上抬起了目光。

對上視線時，她綻開了笑容。

「我是藤阪，幸會。」您就是郁嶋小姐沒錯吧——我把剛到嘴邊的話吞了回去。

對方是藝人，這次會面又是為了分送出軌對象的遺物，不適合說出她的名字。

「初次見面，你好。」她取下太陽眼鏡，朝我微微一笑。該怎麼說呢，感覺是張成本高昂的美麗臉龐，看起來完全不像三十八歲。

「對不起，當初接到電話的時候，我本來還有點懷疑你，但原來你真的是朋泰先生的兒子呀。只消一眼就能辨認出來，相像到讓我有些驚訝。還請你別太見怪，因為朋泰先生偶爾會抱怨兒子一點也不像他，卻從來沒向我提過你的事情……」

那也是當然的吧。我們從來沒見過面，他可能根本不知道我的長相與他神似。

「今天非常感謝您願意在百忙之中，特地撥出時間與我見面。在電話中也稍微提過，我受到宮內的家人請託，負責分送遺物給他的友人做紀念。除此之外，如果方便的話……也希望能聽您聊聊我父親，無論是什麼樣的小事都可以。我從來沒見過父親，如果能聽他生前來往密切的親朋好友聊聊一些回憶，說不定能稍微接近我父親一點。這也是我接近他唯一的途徑了。」

即使是言不由衷的藉口，說到第三次也變得自然流利了，讓我有點自我厭惡。這次我帶來的是一隻手錶。「啊，我見過他戴這隻錶。」琴美小姐說著，瞇細眼笑了。這是隻國產手錶，價格不算太昂貴，看來宮內不是愛戴名錶裝闊的人。

「我對他沒什麼太好的回憶。」

琴美小姐突然笑著這麼說，將手錶收進了手提包。接下來會聽到多過分的故事呢？我繃緊神經。

「畢竟只在私底下偷偷交往。但好像被他太太發現了，太太是執念很深的人。」

「這……似乎是這樣沒錯，我也聽他兒子提起過類似的事。」

這時店員走到桌邊，我點了最便宜的咖啡。

「他說太太會擅自看他的手機。傳統手機也能上鎖，但因為他是科技白痴，實在沒辦法。」

松方朋晃也提過這件事。可是我該怎麼從這裡把話題引導到遺稿相關的方向？

「這件事沒被大眾揭發，算是很值得慶幸吧。一方面也是因為我不算那麼有名氣的關係。」

「您和家父大概來往到什麼時候呢？在電話裡聽您說，直到不久前還有聯絡。」

我打岔這麼問道，試圖抓住話題的切入點。

琴美小姐直盯著半空瞧，「嗯……」地冥思苦想了一會兒。

「最後一次見面，是去年九月吧。但願我是他最後一個女人……畢竟他同時和好幾個女人交往。」

瑞希小姐也說她去年和宮內仍有聯絡，不過聽起來琴美小姐確實是最後一位。

我無法確定，因此保持沉默。

「我和他是因為演出電影而認識，這樣算起來十五年了？算是持續滿久了吧。」

我母親在懷孕之後就與宮內分手了，推算起來，兩人應該只交往了不到十年。

「說到去年九月，那時候我父親的病況已經相當惡化了吧。當時他看起來狀態如何？家人對他那陣子的情況，似乎也不太瞭解。」

「我想也是呢，他當時說，他連家裡也不太想待。說歸說，那時候他也沒有足夠的時間和體力四處跑、四處玩樂了，多半是一直把自己關在家，窩在房間裡寫稿吧。那份稿子後來怎麼樣了，應該會出書吧？故事還滿有趣的，我也很期待。」

我一時間啞口無言，兩眼發直地凝視著琴美小姐的臉。詢問的語句哽在喉頭。

「原稿？咦，您是說，宮內彰吾的原稿？應該是吧，是他去年還在寫的那份稿子吧？您親眼看見他寫稿了嗎？不對，您讀過稿子了嗎？」我忍不住半站起身，整個上半身都往前探，琴美小姐嚇得往後縮了縮。糟糕，我假咳一聲，重新坐好。

「不好意思。那個，我——我在尋找父親的遺稿。我從各處探聽到他留下了一份手稿的消息，但一直找不到，不小心太激動了。」

琴美小姐眨眨眼睛，鬆了一口氣，端起服務生剛送上桌的咖啡，啜飲了一口。

「原來是這樣呀，嚇我一大跳。我也不確定我讀到的那一份是不是遺稿，但從時期看來應該不會錯？世上最——最什麼，最透明的故事？是這個標題沒錯吧？」

沒有錯，就是我要找的原稿。

「是《世界上最透明的故事》，對吧？您——您讀過那部小說了？它是、呃，是手寫的原稿嗎？」

「當然呀。朋泰先生一直都不會使用電腦吧？他對科技產品完全是一竅不通。」

「說、說得也是。那部小說已完成了嗎？連結局都寫完了？」

想問的太多，我一時沒辦法好好整理清楚。

「是呀，連解決篇都已經很完整了。可是朋泰先生卻告訴我，這部小說只完成不到一半。」

「意思是，他原本計畫撰寫系列作嗎？這可能只寫完了大長篇的第一部而已？」

「沒有，他也沒這麼說。他說，這個故事只是素材，他要用這份稿子繼續寫出完成品……」

素材？故事已經完成、厚達六百張以上、能出一本長篇小說的原稿只是素材？他——該不會想寫書中書吧，我靈光一閃。

好比赫洛維茲的《喜鵲謀殺案》那樣，呈多層構造的小說。

大部頭小說，裡面再包裹著自成一篇的長篇小說。若是如此，宮內說他沒自信寫完也合乎情理。

「聽他這麼說我也覺得難怪，這部『素材』有趣歸有趣，但好像沒什麼爆點。」

琴美小姐望向遠方喃喃說道。

「還有，我讀完還是不明白標題的意義。內容就是朋泰先生擅長的刑警小說。」

「請問您知不知道那份原稿現在在哪裡呢？他的家人也已經四處尋找很久了。」

「我想，應該還放在我家吧？」聽見琴美小姐這麼說，我差點激動得站起身來。

四處奔走了這麼久，沒想到最後得來全不費功夫。

「啊，不是我的住家……但好像也差不多了。多年以前，朋泰先生曾經用我的名義，在狛江買了一棟小型的獨戶住宅，我們也曾經在那裡同居過。後來房子擺在那裡，很久都沒人住了，直到三年前，朋泰先生來問我房子能不能借他使用。」

「是為了當成寫作用的工作室嗎？他是不是想找個地方獨處，專心寫作……？」

「我想應該是吧。我一有空檔也會到狛江去看看，朋泰先生幾乎都在屋子裡。他應該也知道自己的時間所剩不多吧。九月見到他的時候，他說差不多得準備住院了，所以近期要搬出那棟房子。當時我有部戲正好開拍，行程非常忙碌……儘管我知道自己還得去收拾屋子才行，後來卻一拖再拖，遲遲沒再過去。如果遺物中沒找到原稿，那可能一直放在狛江那棟房子裡。」

「請問能不能讓我到狛江那間屋子看看呢？他的兒子實在很想讀讀那份手稿。」

「關於這件事——朋泰先生之前說，他把狛江住家的鑰匙弄丟了，我便把我的鑰匙交給他使用，但後來他就這麼過世了……所以現在我手邊沒有鑰匙能開門。」

琴美小姐露出了苦澀的笑容。

「今天會面有一半是為了這個目的，希望你幫忙在遺物中尋找鑰匙。畢竟我不便聯絡他的家人。」

確實難以下定決心聯絡吧，這幾乎等於主動宣稱自己是故人的婚外情對象了。

「那棟房子也不能一直放在那裡，但不知不覺就拖了很久。」

既麻煩，又教人心情沉重。琴美小姐呢喃。

「我知道了，我會請他的兒子幫忙尋找。如果找到了鑰匙，能不能讓我和您一起過去呢？」

「坦白說，我接下來又要拍戲了，會忙碌一段時間。你們急著要那份原稿嗎？」

「是的，呃、不是……那個，如果能出版，他的家人希望趁著故人還沒被遺忘的時候……」

我想把「趁著還能大賣的時候推出」說得委婉一些，結果顯得有點矯揉造作。看琴美小姐那副笑容，她多半已經識破了。

「我個人只是想閱讀父親最後的作品而已，什麼時候都好。」

「那找到鑰匙的話，你們直接進狛江那棟房子去找吧。如果順便幫忙收拾一下，我會很感激的。」

我倍感驚訝。這是松方朋晃很可能會提出的要求，沒想到琴美小姐先允諾了。

「真的可以嗎？太感謝了……」

「除了那份原稿以外也沒什麼貴重物品，而且我也想請你們幫忙關閉水電呀。」

琴美小姐告訴我地址，我用Google地圖確認了一下，是間簡陋的一層樓平房。她也向我詳細描述了那把鑰匙的形狀。那是一把老舊圓柱鎖的鑰匙，鑰匙頭是橢圓形，交給宮內時，上面掛有牛鈴狀的鑰匙圈。

「希望你們順利找到原稿——雖然想這麼說，但聽完事情始末，總覺得心情有點複雜。目前讀過那個故事的，只有我一個人吧？假如原稿就這麼埋沒在那棟房子裡，它就變成只為我一個人而寫的故事了。雖然朋泰先生肯定不是這麼想的。」

「請問一下，那是什麼樣的故事呢？如果能說得更具體一些，我會很感激的。」

「嗯……說是『普通的小說』好像有點怪，但就是朋泰先生經常撰寫的那種警察小說，風格也和之前差不多。貨運公司老闆的女兒遭人綁架，老闆黑暗的過去被攤在陽光下，一些可能對他採取報復行動的人也浮出檯面——故事有著精采的反轉，最後在苦澀又賺人熱淚的氣氛中結束。好像沒什麼具代表性的特色，只聽我的讀後感，應該感受不到它百分之一的趣味吧。」

宮內經常撰寫的那種警察小說……但我一本也沒讀過，想像不出那是哪一種。

「我父親創作的小說，您已經讀過許多本了嗎？現在才坦白很不好意思，但其實我還一本也沒有讀過。之所以尋找這份遺稿，也只是因為受到遺族請託而已。」

我決定老老實實告訴她實情。

「我全部讀過了，都很精采哦。……我能夠理解你的抗拒，一定難以平心靜氣閱讀他的小說吧。」

琴美小姐沒有問我「為什麼沒讀」，讓我鬆了口氣。她是個善解人意的好人。

「我也一樣——如果和他分手了，之後應該也沒心情讀吧。」

「您和我父親，也有過差點分手的時候嗎？」

「交往了那麼長時間，當然難免囉。不過，或許該歸功於我們雙方能保持恰當的距離吧。」

她說，即使氣氛變得有點險惡，每當她為了拍戲分開幾個月，關係也能重置。

「還有，朋泰先生在我面前也會毫無顧忌地談論其他女友，我們也有可能因此而分手吧。」

「他這麼過分，您都不介意嗎？難道不覺得生氣？」我倒是聽得越來越習慣了。

「因為交往前，我就知道他是這樣的人呀。」

所有和宮內交往的女性，都是這麼想的嗎？包括我的母親。

「那個人絕對不會說是因為自己有錯才分手。他只會說，我看她哪裡不順眼，所以把她拋棄了。」

「這——」這男人也太禽獸不如了吧？腦中浮現許多難聽的字眼，我說不下去。

琴美小姐卻輕聲笑了笑，說：

「因為他不會惡言批評那些女人，態度始終如一，看著反而覺得他很直率呢。」

「咦？……他好像說過『不看書的女人太笨，相處一下子就膩了』這種話哦。」

這麼說好像在告狀一樣，讓人心情不太舒坦。但我實在無法保持沉默，還是把酒店女公關藍子小姐說過的話一五一十轉告了她。

「這我也聽說過。不過，那不是在惡言批評對方……不，確實是一種批評，但該怎麼說呢，他聽起來不像在責備女人。他談論的單純只是他個人的喜好，感覺就像描述自己喜歡哪種紅酒、哪個車款一樣，所以聽在我耳中並不覺得不舒服。」

我完全不懂，聽得莫名其妙，只覺得宮內不是什麼好東西的印象越來越強烈。

「因此，就算我們有一天分手了，這個人也絕對不會把責任歸咎到我頭上吧——這麼一想，好像就什麼都能原諒了。應該是拜此所賜，我才能跟他交往這麼久。在一段關係當中，能夠安心還是很重要的。……聽說朋泰先生過世了，我真的非常哀傷，可是我很慶幸，我們直到他人生的最後都沒有分手。如果可以，我真想一直陪伴在他身邊，但我畢竟不是他的家人……」

她臉上的微笑溫柔婉約，卻像冬季枯黃的草地那樣蒼涼。我一時說不出話來。

「抱歉，扯遠了。我好像說了太多不相關的話，明明你只是想尋找原稿而已。」

「……不會的，反而要謝謝您，願意告訴我這些事。我也想多瞭解我的父親。」

我不禁脫口說出真實的想法。

我仍然對父親一知半解，這個面貌模糊的人物兀自在我心中逐漸成形，成形後卻依然同樣空洞。

這當然，畢竟我從來沒跟他說過話，只依靠來自他人的見聞拼湊出他的形象。

「我很好奇書名的意義，假如你知道了，記得要告訴我哦。」

琴美小姐說完站起身，伸手就要去拿帳單。

我趕緊半站起身說「我來付就好」。她特地在百忙之中撥出時間會面，可不能讓她請客。

「有事再跟我聯絡哦。」琴美小姐留下這句話，便穿過飯店大廳，逐漸走遠了。

我在回程電車上寫信給松方朋晃：原稿的位置幾乎已確定，請你在遺物中尋找一把鑰匙。

連地址都打上去之後，我突然改變主意，將那行地址刪除。不行，仔細想想。以那個男人的作風，他說不定會自己過去。

無論如何，我都希望在現場親眼見證尋獲原稿的那一瞬間。

我只保留尋找鑰匙一事，按下傳送，察覺自己碰觸螢幕的手指滲著汗。看來我下意識有些激動。

「終於等到這一天」的心情，和「得來太過輕易」的心情，恰好各占據了一半。

但琴美小姐的感想令我介意。

「沒什麼爆點」那句評價很教人意外，難道宮內最後只寫出這點程度的東西嗎？那明明是他忍受致死的病痛，捱過蠶食內臟的痛苦，才好不容易完成的小說。不，精確來說，並沒有完成。小說只完成了不到一半，超過六百張的原稿只是素材——儘管它本身已經是自成一篇的推理小說。

《世界上最透明的故事》這個標題，琴美小姐還說，她一路讀到了故事最後，卻仍然不解其意。當然，也有許多小說並不會在作品當中向讀者明示書名的意義，保留詮釋和想像的空間。可是我思來想去，總覺得宮內彰吾走的不是那個路線。

不管怎樣，去一趟狛江應該能有所斬獲，說不定還能找到他後續的其他手稿。

假如我的推測正確，超過六百張稿紙的警察小說真的是書中書——那麼這部警察小說的作者，應該會在作為框架的故事中登場。小說家一旦在作品當中描寫小說家，無論再怎麼壓抑，多少難免流露出自我吧。正因為宮內什麼也沒留給我，我更想看看他在這種情況下究竟會寫些什麼。我心中那一尊逐漸固化、空空如也的人像，或許能找到一些流入其中填滿它的東西。

我想，我大概是想要找到一個合理的理由，允許我明確地厭惡、蔑視父親吧。每一次聽見身為作家的宮內彰吾受人讚美、追捧，我總覺得心裡不太痛快；然而，聽見人家將他評為人渣，我也同樣無法釋懷。我想獨力找到憎恨他的理由。

何必做到這樣？我也這麼想。

說到底，這不過是個從我人生最初就不存在的人，擅自生下我，又擅自死去。放著別管就好了。

之所以無法置之不理，是因為我想在自己朦朧迷茫的生活中找到某種回饋感。對於喪失母親卻無法感到哀傷的自己，我由衷地感到噁心。

我想毆打某種東西，感受反彈回來的痛覺。

此時素未謀面的父親恰巧死了，而且就連和他牽扯上關係的理由，對方也為我準備齊全。

我希望他成為我的敵人。如果發現母親會死其實都是父親的錯，那就更好了。

真是愚蠢的妄想。我甩了甩頭，將目光轉回手機螢幕，著手寫一封新的郵件給霧子小姐。

我一個字一個字打出今天的進展總結，收穫頗為豐碩，所以信也寫得有點長。霧子小姐或許早已看穿我內心真正的動機。

驅策我四處奔走尋找遺稿的，這個扭曲又錯亂的真正緣由。

她一向是出奇敏銳的人，與母親十分親近，又從我高中時就認識我，最近跟我說話的機會也多。

不對，一定是我想太多了。別顧著胡思亂想了，現在最重要的還是尋找原稿。這也是為了霧子小姐而努力。

《世界上最透明的故事》——很可能直到最後，宮內都沒能真正完成這部作品。不過，那部厚達六百張稿紙的小說確實存在，據說也已經是個完整的故事了。即使不夠完美，霧子小姐聽到這消息，仍然會感到開心嗎？琴美小姐都說它讀起來很有趣了，而且又是有劇情反轉的推理小說。

『——他人生最後的作品，肯定也是前所未見的推理小說。』我不禁想起霧子小姐語帶確信的這句話。一本有趣卻平凡的小說，或許沒辦法滿足她的期待也不一定。或許讀完這份稿子，她反而會感到失望，反而對於出版這本書感到遲疑——

我嘆了口氣，將手機塞進口袋。車內響起列車到站的廣播聲，我縮了縮脖子。

第10章

隔天，我收到了松方朋晃的回信——那是一則附有照片的訊息，說他找到了類似的鑰匙。照片中那把鑰匙與琴美小姐的描述完全一致，牛鈴狀的鑰匙圈，橢圓形的鑰匙頭。我將照片轉傳給琴美小姐以便確認，當天半夜，便收到了「就是這把鑰匙沒錯」的答覆。我躺在床上，將那封簡短的回信重看了三次，翻來覆去、輾轉反側，一股難解的麻痺感盤踞在我耳朵深處。

終於——終於要找到它了。讓我東奔西跑至今的、父親人生最後留下的小說。

我不太有費盡千辛萬苦的感慨。儘管花了不少時間和交通費用，但光看結果，我只是按順序一一尋訪，便從其中一位會面對象口中輕而易舉地問出了所在地。

雖然還不算是真的找到稿子。

我動手回覆松方朋晃。「屋主說就是那把鑰匙沒錯。我們一起去找原稿吧，你什麼時候有空？」

不到五分鐘便收到了回覆。「我明天早上能立刻動身，你先把地址告訴我。」

假如現在就把地址告訴他，松方說不定會趁夜一個人過去。

我決定假裝沒有看到訊息，先睡一覺再說。

與其說我無法信任他——倒不如說是我對遺稿抱持著太多期待與不安，不得不慎重行事。

我不希望此事在我不在場時落幕，希望它有那麼一小部分也是屬於我的故事。

隔天早上一起床，我立刻寄了郵件給松方：那我們今天出發吧，就約十點在狛江站集合。

到這個時候還不告訴他地址就太不自然了，因此我勉為其難地寫上住址寄出。我實在沒有食欲，沒吃早餐便走出了家門。

上午時分在外頭走動，能清晰感受到春天的腳步已經近了。走在大樓陰影處時寒意仍然逼人，但陽光一照到臉頰，就溫暖得讓人覺得脫掉夾克也沒關係了。

就這麼在明暗之間搖擺不定地來去，有天一回過神，便會發現冬天已經結束。而我又一次離二月漸行漸遠。

「母親死去那一天」將逐步遠離，季節輪換一圈，然後再一次接近，周而復始。就這樣在繞著螺旋的過程中——我會一項接著一項，遺忘各式各樣的細節吧。唯有置換為文字的故事會被留下。母親房間書架上多達幾百本的書籍；遺落在我即將前往的那棟房子裡，厚厚一疊的手寫稿紙。

《世界上最透明的故事》無論完成與否，無論內容寫了些什麼，都是我父親的殘片。不管他將自己投影其中，或是與他本人毫無關係都無所謂，那都會是我父親傾吐而出，而後撒手人寰，永遠遺留在身後的東西。我只能原原本本地接受它。

這麼一想，心情就輕鬆了不少。期待也沒用，反正都是已經不在世間的人了。

我從小田急線狛江站的北口出站，決定在綠地公園入口處前方的噴水池等待松方朋晃。漫不經心地數著繞過圓環的車輛，一直等到十點，一道穿著皮革外套的身影才終於從票口的方向走出車站，映入我視野邊緣，是松方。換上休閒風格的外出服之後，光憑外表又更難判斷這男人的年齡了。說起來，他好像在平日白天也能撥出時間見面，不曉得做的是什麼樣的工作。

「你先到，大可以先過去啊。我們幹嘛不在現場集合？」松方發著牢騷嘟囔道。

「鑰匙又不在我身上，我先去也沒用啊。」我這麼回答，但自己也察覺這不構成理由。老實說，要我一個人在那棟屋子前面獨自等候，沒來由地讓我有點害怕。

但他說得對，我該先過去的。

從車站到目的地要走一段很遠的路，一起同行的人又沒什麼話題好聊，一路上氣氛尷尬得要命。

話雖如此，我們沿途也並非全程都保持沉默，松方接二連三問了我許多問題。或許是我向他報告得太過簡略，很多事他都想知道詳情吧。

我隨口應付過去，一邊望著狛江市的街景。

我們離開國道，踏入住宅區，擺滿生鏽遊樂器材的公園、彷彿擱置多年的工地映入眼簾。

宮內彰吾為什麼會選擇在這裡買房子呢？是為了琴美小姐通勤之類的考量嗎？

家屋的排列中斷，視野豁然開朗。眼前是片雜草叢生的空地，豎著一面出售土地的看板。

越過這片空地，能看見藍色屋頂的單層平房。牆面曬得褪色，窗框鏽跡斑斑。

「就是那棟吧？」松方看著智慧型手機說道。

就是它不會錯，和我在Google地圖確認過的外觀一模一樣。

我們隔著空地看見的應該是屋子的後側，屋外擺放著兩個藍色塑膠桶，老舊的割草機倒在地上。

沿著空地邊那條圍著粗木樁和有刺鐵絲的道路，松方往左邁開腳步的時候——窗裡閃過一道長頭髮的人影。

「屋主在家？」松方似乎也注意到了，於是這麼朝我問道。我搖了搖頭，回答：「她說這棟房子很久都沒人住了。她今天也沒空過來，說我們可以直接進屋。」

松方困惑地半張開嘴，好像還想再問些什麼。這時候，疑似映照出人影的那扇窗戶赫然亮了起來。那是火焰的顏色。……火焰？

「搞什麼，該死！」松方咒罵著，邁開腳步就往前跑。我驚得一時愣在當場，但立刻回過神來追了上去。必須繞著空地跑過一大圈才能抵達那棟房子的玄關，松方的腳程快得驚人，在我拐過第一個轉角的時候，他的身影已消失在屋子後面。

焦急轉動鑰匙開鎖的喀嚓聲、大門的開闔聲，和粗暴的腳步聲接連傳入耳中。

慢了許久，我也抵達玄關，由於突然全速狂奔，胸口和頭部都隱隱作痛。我一把拉開門，半跌進屋內，玄關裡只擺著松方一個人的鞋子。難道剛才是我看錯了嗎？不對，我的確看見了燃起的火焰和女人的人影。我踢掉鞋子，踏上走廊，聽見屋內傳來水聲，焦臭味刺激鼻腔。追著那道氣味，我衝進走廊盡頭左手邊的空間。松方朋晃站在廚房，正低頭往流理臺裡面看。

「……我們被擺了一道。」松方忿忿地啐道，關上了嘩啦啦水流不止的水龍頭。

我靠過去，探頭往流理臺裡一看，差點因為目眩而頹然坐倒在地。裡面那疊紙張幾乎全燒得焦黑炭化，被沖得潮溼軟爛，淒慘地貼在流理臺底部——是稿紙。

看這灰燼的量，多達數百張。

從紙張未燒毀的一點邊角，能看見工整的手寫字跡。別說文章了，甚至難以找到一個完整單詞。

乾涸的吐息掠過喉嚨。是誰幹的好事——為什麼做出這種事？蓄意燒毀原稿？

「剛才有個女人在吧？她人呢？人在哪裡？」我逼問松方說。

「誰知道啊，我趕來的時候沒看到半個人。」

我看見廚房深處有一扇門。我們剛才就是從這扇後門的窗戶，隔著空地看見人影和火光。

女人是從這裡逃出去的嗎？我連忙跑過去查看，後門被一個大垃圾桶擋住了。

我煩躁地將垃圾桶推到一邊去，打開門鎖，推開後門。剛才看見的那片空地就近在眼前。

我沒穿鞋子便走出門外，環顧四周。周遭空無一人，只看見塑膠桶和割草機。說到底，這道後門不是關著，還上了鎖嗎？

我回到廚房，仔細打量這扇門，發現門鎖只能從內側開關。

「後門一直都關著啊，那個人應該從玄關方向逃跑了吧？你沒看到人嗎？」松方語帶責備地問我。

我們兩人都沒看到任何人，對方也沒有從後門逃跑，難道表示她還在屋內嗎？

我到起居室、浴廁一一搜索。

「到處都找不到人啊，窗戶也都關得死緊。你確定你真的沒有看到任何人嗎？」

我又回到廚房，責問松方。不知不覺間，我說話的語調也變得咄咄逼人了些。

「對啊，我騙你幹嘛？還不是你自己跑得太慢了，這麼晚才趕來。我忙著滅火，哪有空管那麼多。」松方咬牙切齒地瞪視著水槽。

「就算你這麼說——」我正要回嘴，話剛到嘴邊又吞了回去。我們在這裡爭論不休又有什麼用呢？即使真能找到放火的傢伙，把她逮捕歸案，原稿也回不來了。

「——整份稿子都燒掉了嗎？能確定那是宮內彰吾的手稿嗎？真的沒有搞錯？」

「是我老爸的字跡，但不知道是不是我們要找的稿子。」松方的聲音苦澀至極。

在那之後，我們兩人合力將整間屋子徹底翻找了一遍，畢竟宮內還有可能留下其他手稿。屋子不算寬敞，與廚房相連的起居室約五坪大，此外還有以拉門分隔的兩間和室，分別約兩坪、三坪大小。宮內似乎將較小那一間當作書房，靠牆放有一張古風的書桌，書櫃抽屜裡放著簽字筆、鉛筆和大量稿紙等文具。但我們沒找到半張寫有文章的稿紙，字紙簍裡也空空如也。

我們花費兩小時，連地板下、天花板上都找過了，或許一半是為了逃避現實。翻遍了整間屋子，只找到生活感的殘渣。幾件應該屬於琴美小姐的女用休閒服裝，宮內穿過的睡衣和運動衫。經久使用、搓得變形的肥皂，擠完一半的牙膏。剃刀上黏著短短的鬍碴細屑。

冰箱裡放著三分之一罐寶特瓶裝的綠茶、柚子醋醬油、燒肉醬，還有一罐發出異味的人造奶油。

臥室裡找到大量藥物，其中包含備用的強效型類鴉片止痛藥，看了令人心酸。

父親輾轉抵達這座人生盡頭的家，連時間在此都淤積不前。

在如此陳舊破敗的地方，他能寫出什麼來？

根本連一張稿紙都寫不滿吧。只能獨坐在此，反覆閱讀三年前奮力完成的那部「素材」。

依賴藥物驅散痛楚，齧咬著筆桿，嗅聞著腐臭，徒然數算著自己剩餘的時間。

「……算了，無所謂，反正都燒掉了。」松方苦悶地這麼說，蹲坐在榻榻米上，低垂著頭。

「不曉得是什麼人幹的好事。該死，搞什麼東西，開什麼玩笑。該死、該死。」

「你真的不知道嗎？有沒有看到對方的臉？」

「沒看到啊，只從窗戶看到人影，也不能確定是不是女的。」

他和我一樣，只隔著空地，從遠處看見影子而已。犯人似乎留著長頭髮，但也無法斷定是女人。

不對——等一下，這太奇怪了。後門和窗戶全部緊閉，對方只能從玄關逃脫。卻沒有碰上我，這怎麼可能？

「那你剛才有沒有聽到屋子裡有動靜？對方可能暫時躲在某處，避開了我們。」

「都跟你說我完全不知道了。不管怎樣都無所謂了吧？……反正全都燒掉了。」

怎麼可能無所謂？說不定被燒掉的只是毫不相關的原稿，或者是其中一小部分的稿子，我們在尋找的小說其實被犯人帶走了啊。

「松方，從你進到屋內，直到我抵達玄關，差不多只有二十秒左右的時間。要在不遇見我們兩人的情況下逃離這棟房子——不，也不能說完全不可能，但……」

說著說著，現實感從我的肌膚上一片片剝落。松方說得沒有錯，全都無所謂了。

縱使再怎麼仔細檢驗，我們也抓不到犯人。原稿不在這屋子裡，這就是一切。

搞什麼，怎麼這麼倒楣，為什麼要幹出這種事——松方朝著自己隨意擱在榻榻米上的腳不斷咒罵。我也很想知道，是誰非得做到這個地步，執意燒掉宮內彰吾的遺稿，又有什麼樣的目的？假設那真的是個女人——那會是先前和我見過面的其中一位女性嗎？我腦中立刻浮現出琴美小姐的身影。這是她名下的房子，而且她曾說過，她想要獨占宮內人生中最後一部小說。

很牽強的猜測。假如她不想將原稿交到別人手中，大可從一開始就保持沉默。知道我們在尋找宮內遺稿的女性——察覺霧子小姐也符合這項嫌疑犯特徵，我頓時感到噁心想吐。霧子小姐同樣是宮內的忠實讀者，而且一直很想閱讀遺稿。

假如這動機加上了獨占欲——

別再胡思亂想了。歸根究柢，我根本沒把這棟房子的地址告訴霧子小姐，她也沒有這裡的鑰匙。

或許她透過其他管道得知了住址？說不定宮內搬走時忘了鎖門，不需要鑰匙。

別再想了。我緊緊咬住嘴唇，抑制住不斷流淌而出的妄想。

往後該怎麼辦才好？我內心完全沒有頭緒。

亂七八糟、無濟於事的念頭一個接一個湧現腦海，其中卻沒有半個務實的、具體的想法。

過了不久，松方默默站起身，逕自走了出去。我聽見粗暴甩上玄關門的聲響。

蹲坐在這積滿塵埃氣味的房間裡，我茫然發著呆，自己也不太清楚實際上究竟過了多久。

不經意抬起眼，陽光照進窗戶的角度已不再相同，氣溫甚至變得有些悶熱了。

我從榻榻米上抬起屁股來，骨頭一陣痠痛。

一直在這裡發呆也不是辦法，來處理現在力所能及的事吧。

我走到廚房，從水槽裡面小心撿起原稿的灰燼殘塊。或許因為吸了水，它沒有想像中那麼易碎。

但文字殘破到令人絕望，剩餘沒被燒掉的只有右下角落，大約一、兩格而已。

我小心翼翼地翻看其中幾張。

「和」、「是」、「本」等等零星單字，然後是一片空白，組合不出半點意義。

難以一一清點這疊稿紙總共有多少張，不過看起來確實多達六百張以上的量。

我必須確認這是不是那部作為「素材」的小說才行。我花了點時間，將勉強能夠判讀字跡的部分全部拍了照，寄送給琴美小姐。

『我想光看照片可能難以判斷，但這是不是您先前讀過的原稿呢？』接著還得寫下原稿被人燒掉的經過，實在讓我心裡難受。琴美小姐看了一定也會很難過吧，但我也只能據實以告，老實寫下事情始末了。我也不明白事情怎麼會變成這樣。

打完這封郵件，我將稿紙燒剩的灰燼小心翼翼地放進便利商店的塑膠袋裡面。

雖然帶回去也不能怎麼辦，但總不能把殘骸丟在這裡。然後，我才發現這棟房子的鑰匙不在我手上，松方什麼也沒說，就自己一個人先回去了。事到如今，對那個男人的怒火才慢了好幾拍湧上心頭。我才想問「搞什麼」咧，這不是你委託的工作嗎？給我負起責任好好善後啊，至少把門窗鎖好吧，鑰匙還是跟人家借的耶。還有，你也應該負責決定之後要怎麼辦才對。

但他根本不在場，我內心再怎麼責備他也沒用，只是徒然加重內心的空虛感。

我再寫了封郵件給松方，按捺住內心謾罵的衝動，從頭到尾只書寫公事公辦的內容——請把鑰匙寄給我，我會把鑰匙還給屋主，並請指示我接下來該怎麼做。

還得把這件事告知霧子小姐。

這是最讓我心情沉重的一項工作。她一直期待閱讀宮內彰吾的新作，聽到這消息肯定大失所望。

但我總不能默不吭聲，必須由我主動向霧子小姐報告這件事才行，越快越好。萬一她在我猶豫時透過松方得知噩耗，會顯得我很不老實。

我琢磨許久該怎麼下筆，花了一小時以上。

結果寫成了比松方那封郵件更加冷淡制式的一封信，讀起來好像是我放火燒了原稿一樣。

但無論如何，一切都無所謂了。我收拾好自己的隨身物品，離開了那棟房子。

我在當天晚上收到霧子小姐的回信。當時我正躺在一片漆黑的房間裡，裹著毛毯聽音樂。

感覺到智慧型手機的震動，我取下耳機，從溫暖的被窩裡坐起身，打開郵件。

燈真好，能告訴我那棟房子的詳細情況嗎？

我明白你一定感到相當失落，但還是麻煩撥空描述一下了。

她的語氣比平時更加禮貌，我反而察覺她有意體諒我的心情。感到失落的明明是妳啊，我心想。

我重新回想起在狛江那棟屋子裡的見聞，將它們一一歸納整理，寫進郵件裡。

燒掉那份原稿的究竟是誰呢？

『放火的犯人乍看像是女性，但我們都不太確定，松方先生也說他沒看清楚。』

將事發經過寫成文章，讓我頭腦稍微冷靜了一些，能客觀回想今天發生的事。

果然，怎麼想都不合理。從玄關離開是犯人脫身的唯一可能路徑，她逃走時卻完全沒有被我或松方目擊。這到底是怎麼辦到的？

『或許還有其他離開屋子的方法，或是隱蔽的躲藏處，但房子本身空間不大，很難想像我們會看漏什麼地方。這麼一來，就只能說犯人從屋子裡憑空消失了。』

打到這裡，我忍不住停下手。這是怎麼回事，豈不是像在玩推理遊戲一樣了嗎？

我四處奔波是為了尋找故人的小說遺稿，可不是為了成為小說中的登場人物。

『假如真的有辦法繞過我們，完全不被發現，那表示犯人相當熟悉那間屋子。在我所認識的人當中，只有郁嶋琴美小姐一個人符合這項條件，但郁嶋小姐沒有理由做出這種事。或許還有其他熟知那間屋子的人——』我繼續往下寫，將當時的情況整理成文字。這讓我沒來由地覺得自己在做一件有意義的事，能夠排解內心的空虛感。但實際上，這壓根無法帶來任何幫助。

循線抽絲剝繭，找出犯人之後就能找回原稿——這種事情真的有可能發生嗎？

除了被燒掉的那份原稿以外，那棟屋子裡其實還存有另一份手稿。犯人並未將《世界上最透明的故事》燒掉，而是帶著它離開了——這樣的可能性並不為零。

但再怎麼說都教人難以相信。

假如目的是帶走原稿，犯人大可將所有稿子全部帶走，沒有必要當場燒掉不需要的那一份才對。

從這個角度想，還是屋內只存有被犯人燒掉的那一份原稿，才比較合乎邏輯。

犯人已急不可耐，只想立刻讓這份原稿從世界上消失不見。

是為了不讓它面世？還是不讓任何人讀到？

這就不得而知了。我將郵件傳送給霧子小姐，將智慧型手機往枕頭下一塞，翻身下了床。

為自己沖了杯咖啡，麻醉不知源於空腹或頭痛的不適感，我再一次鑽進毛毯。

隔天早晨，我被手機的震動聲叫醒，陽光從窗簾縫隙間照進來，刺痛我還睜不開的眼睛。

揉了揉惺忪的睡眼，我看向手機螢幕，通知顯示剛才有人寄來了一封新郵件。

寄件人既不是霧子小姐，也不是松方朋晃。

寄件者那一欄寫著「高槻千景」——陌生的名字，這是誰？

『你好，我是聖安琪拉療養院的高槻。不好意思，遲了這麼久才跟你聯絡。』郵件開頭這麼寫道。

聖安琪拉療養院——我想起來了，這是宮內彰吾臨終前入住的安寧照護中心。她是負責宮內彰吾的照護員。

『如果是下週一、週二、週四，下午兩點以後的話，我應該可以空出時間——』

沒錯，這個月月初我聯絡她，希望與她會面的時候，她說她會忙到這個月底。已經太遲了，我想。原稿的所在地早已揭曉，它化作灰燼，被沖進下水道，現在流進了大海某處。再也沒必要四處苦苦尋找了。

『——請挑選一個方便的時間，決定之後看要回信或電話聯絡我都可以。』她在信末這麼寫道。我的手指遲遲沒有動作，虛脫感籠罩了全身。可是，當初主動請求會面的人是我，如今若因為不再需要她的情報而臨時反悔，未免也太失禮了。

我嘆了一口氣，揮去不斷湧上心頭的無力感，點按郵件末尾附上的電話號碼。

第11章

聖安琪拉療養院位在京王線的蘆花公園站，距離車站徒步約十五分鐘，院址就在一座被茂密樹林覆蓋的大公園旁邊。從環八通往右拐，一直往深處走，會來到僻靜的住宅區一角，連車輛聲都鮮少聽見。療養院的外觀看起來不像醫院，反而更像座教堂，尖塔像砂糖和菓子一樣雪白，尖端頂著十字架，呈拱門狀的正面入口上方，還有一扇鑲嵌紅色彩繪玻璃的玫瑰花窗。

病房周圍的庭院相當寬廣，櫻花樹之間隔著寬敞的距離，花朵已經漸次開放。穿越正門廣場，前往櫃檯的期間，我數度和推著輪椅的照護員擦肩而過。他們推著病患，放慢腳步悠閒地散著步，其中也看見幾位年紀和我相仿的年輕患者。

這裡是臨終安寧醫療的機構。

是為靜候死亡的人們建造的庭園。建築物、照護員的制服、庭院與長椅，一切都裹著淡淡光暈。

已開放三成的櫻花靜靜篩落陽光。無論在哪裡，春天總會平等地到來，我想。

這裡是終點。宮內彰吾生命的終點，同時是我探索的終點。

在那之後，松方朋晃隔了一天才回信給我。

尋找遺稿的工作宣告結束，我會把一半款項和開銷費用匯給你，記得把你的帳戶告訴我。

內容淡漠到令人不適，我原以為他會在信上寫滿怨言，蠻不講理地拿我出氣。

霧子小姐的回信也非常簡單：燈真好，謝謝你詳細告訴我，請讓我再整理一下我的想法。

想法？還要整理什麼想法？原稿不是都燒個精光了嗎？我們也只有放棄一途。

直到昨天，我才終於收到琴美小姐的回覆。

光看文字就感覺得出她受到了不小的驚嚇，這也是當然的。

這應該是我讀過的手稿沒錯，其中有幾個字是登場人物的名字，我有印象，她在信上這麼寫道。

當然，她也在信末要求我詳細解釋那天發生了什麼事，原稿怎麼會變成這樣。

我實在沒有力氣立刻回覆她。

『有人偷偷潛入屋內，將那份原稿燒掉了。我們只看到人影，詳情還不清楚。』

直到今天中午，我終於送出這段有講跟沒講一樣的說明，逃也似的出了家門。

我也希望有人跟我解釋一下發生了什麼事。但總而言之，可以確定的是，一切都結束了。畢竟松方朋晃也已經放棄尋找遺稿了。

《世界上最透明的故事》多半是被放棄了吧。作為素材的那部警察小說一直被放在狛江那棟房子裡無人聞問，也就表示宮內彰吾在生命最後已經放棄寫完它了。

假如還有意願繼續寫下去，他應該會在住進療養院時，將稿子一併帶過來才對。

所以，這裡早已經什麼也不剩了，僅能再一次確認宮內彰吾業已亡故的事實。

我穿過鋪滿草皮、綠意盎然的庭院，再鑽過一道拱門，進到院內，在櫃檯處報上姓名。一聽說我和高槻千景小姐約好兩點見面，櫃檯職員便請我到南側第二病房大樓前方的花園找她。我仔細看了看導覽板，按照職員的指示，從這棟大樓的走廊直走到底，便能夠抵達一座寬廣的中庭。我向職員道了謝，離開櫃檯，沿著鋪設美麗木紋地板的走廊，繼續往院區深處前進。

這裡的裝潢與一般人認知中的醫院不太相像，幾乎看不見強調清潔感的白色。我想，可能是因為這裡並非治療疾病、讓人康復離開的地方吧，整體氛圍反而比較接近我家附近為貧困孩童設立的兒童食堂。木製的桌子和椅子散見於各處。

牆壁上貼著賞花活動的告示。

還貼著住院患者（還是該稱為入住者呢）的繪畫作品，每一張都是水彩畫，看了讓人於心不忍。

想必是因為他們停留在此的時間太過短暫，不足以慢條斯理完成一幅油畫吧。

走廊底端是一間寬敞的大廳，氣氛像禮拜堂一樣神聖莊嚴。

拱形天花板、大門、並排的長椅、管風琴。

牆邊的直立式譜架上放有讚美歌集的樂譜，一切都沐浴在玫瑰花窗五彩斑斕的光輝之中。

令人錯覺時間彷彿停滯在這一刻。我屏住氣息，穿過這間大廳，推開了門扉。

中庭被櫻花樹團團圍繞，庭中設置了許多花壇，大量的三色堇、鬱金香在其中爭相盛開。

一位身穿看護服的健壯女性，正在那裡將椅子擺放在一張大型木製圓桌周圍。注意到我，她停下手邊工作，綻開了笑容。

「你是松方先生的兒子，對吧？哈哈，我一眼就認出來了。」

高槻千景小姐看起來大概快五十歲，是位體格結實的女性，四肢像運動員一樣健壯，皮膚黝黑。

「不好意思啊，我還必須看著庭院，所以我們得在外面聊了，應該沒問題吧？」

千景小姐指向長椅這麼說道。

「當然沒問題。今天很謝謝您，願意在百忙之中跟我見面，還特地撥出時間。」

「抱歉讓你久候了。前陣子一下研習、一下活動，各種事情又不巧擠在一塊。」

各種事情，指的應該是她所負責的病患接連離世吧，我心想。畢竟這裡就是等候死亡到來的地方，而送病人離開就是她的職責。

「這裡很漂亮吧？櫻花的花期也快到了。我們這裡的賞花活動每年都大受好評，松方先生生前也很期待呢。即使在天冷的日子，他也會坐在這座中庭裡曬太陽。他真是個活力充沛的人，還曾經想爬到樹上去，那時被我急急忙忙攔下來了。」

千景小姐豪爽地笑著說道。年過花甲的病人還想爬樹，我都要懷疑他失智了。

「還說是因為他想看花苞長得多大了。那時才二月呢，花苞大概只有小石塊那麼大吧。我告訴他，你要是那麼想湊近看，我可以背你，千萬不要做出那麼危險的事情。結果他卻說，萬一妳背著背著，我就變成惡鬼了怎麼辦？真是個怪人。」

「那是坂口安吾的小說吧。」我喃喃說。原來宮內也讀那種書，不太符合我對他的印象。是因為坂口安吾姑且也算是推理作家嗎？

「他幾乎總是一個人待著，完全不願意參加活動，聊天對象也只有我一個人。」千景小姐說著，神態不知怎地有點開心。我嘗試想像父親是如何在我此刻所坐的這張長椅上，孤獨一人仰望著看不出任何花期預兆的櫻樹枝頭，卻不太順利。

想像中的人總是變成我自己。

他最愛喝酒了，療養院規定只能在自己房裡喝，但他老是偷偷拿到外頭來。千景小姐瞇細眼說。

「不好意思呀，一個人滔滔不絕地說個沒完。我記得你好像有什麼事想問我？」

「啊，是的。……呃、那個……」我支吾其詞，又沉默下來。

我已沒什麼好問的了，也想不出適當藉口。

在如此盈滿花香，安寧溫暖，充滿死亡預感的地方，感覺謊言在說出口的瞬間便會腐敗。

「……其實，我不是那個人正妻的小孩。也就是說，是他婚外情生下的孩子。」

我自己也沒想過，話語會如此自然地脫口而出。我不曉得千景小姐此刻是什麼樣的表情。

「我一次也沒見過他，也沒去參加他的葬禮。對我來說，他完全是個陌生人。」

我的話聲沉靜瀅潤，帶著不可思議的重量。

到了把這些話說出口的時候，我才首度察覺自己相當生氣。

「我想盡可能知道他是什麼樣的人。他一直都對母親和我不聞不問，我們又不是失蹤找不到人。」

教我生氣的既不是宮內彰吾有多冷血，也不是母親天真傻氣到愛上一個渣男。

而是我不再有氣憤的對象了。

「再怎麼瑣碎的情報，無論是他軟弱的、悲慘的、醜惡的一面，都請告訴我。」

一股腦傾吐完之後，我才猛然想起對方是初次見面的人。我到底在說什麼啊？

然而，千景小姐仍然面帶微笑。和話不投機的人聊些不投機的話題，對她來說也不過是日常業務之一吧。這裡就是這樣的地方。

「原來是這麼回事，我差點要問你『怎麼不趁父親還在的時候過來』呢。雖然我們已經送走了松方先生，但你能過來一趟真是太好了，我想故人一定也會很開心的。住在療養院的期間，他從來沒提過家人，我想他應該是覺得不好意思吧。」

千景小姐保持著一貫的態度，說話語氣也幾乎沒變，只是嗓音裡多了些厚度。

「住在療養院這樣的地方，許多病患容易悶悶不樂，把自己像個貝殼一樣封閉起來，不過松方先生並不是因為憂鬱而保持沉默的類型。依我看，他只是覺得太難為情了。像他這種人可健談囉，為了耍帥，要他說多少話都不成問題。但是面對我們這些照護員，實在沒辦法裝帥呀，畢竟他連排泄物都要靠我們幫忙處理嘛。所以他才完全不願意談論自己，真是太可惜了。」

一路聽到現在，千景小姐從不曾提及宮內彰吾新奇陌生、不為我所知的一面。但這或許就是實情吧，或許正如我此前感受到的一樣，宮內彰吾只是個愛慕虛榮、放蕩不羈的普通男人。我之所以不斷追求他不存在的複雜面向，應該是——是因為我不願意看輕母親吧。

我不願相信母親被那點程度的男人迷住，還被玩弄、拋棄。若是更狡猾惡毒的男人，那倒還好。

一旦有所自覺，我便由衷感到愚不可及。無論如何，那兩人都已經與世長辭。

「啊對了，我們這兒的圖書室好像真的把松方先生惹火了。」

千景小姐晃動肩膀和手臂，歡快地笑起來。

「他嫌這裡的藏書沒品味，又嫌棄這麼多本聖經都是同個譯本，還嫌系列小說缺了幾集。」

不可思議的是，唯獨坐在圖書室裡的宮內彰吾，我能夠清晰想像，如在眼前。

沐浴在照進天窗的午後暖陽下，神情嚴肅地翻開文庫本，偶爾喝兩口偷偷帶來的威士忌。

將懸鈴木葉片夾進書裡充作書籤，往沙發扶手上一躺，昏昏沉沉地打起瞌睡。

「我父親他……是個小說家。」我輕聲說道。

「噢！對哦，我也聽過類似的傳聞，聽說他還很有名氣呢。」

沒錯，關於我父親，唯有這點是無庸置疑的事實——他是個小說家。但到了生命最後又如何呢？

他是不是被剝除了一切偽裝，以松方朋泰的身分，以最赤裸的面貌溘然離世？

此時，千景小姐忽然點點頭。

「對，我想起來了，偶爾會看見松方先生拿著一大張紙，不知在寫什麼東西。」

我目不轉睛凝視著千景小姐的側臉。遠方，午後三點的鐘聲昏昏欲睡地響起。

「……他還在寫作？寫小說嗎？在這所療養院？」我震驚地問道，聲音也斷斷續續。他不是放棄了嗎？連素材都棄置在狛江不管。

「我猜，那應該是稿紙吧？像圖畫紙那麼大張，上面密密麻麻地畫著很多格子。他帶了很多稿紙過來，雖然他用的是簽字筆，不太符合小說家的形象。我看他寫寫停停，稿紙上的格子幾乎沒填滿多少，畢竟他的身體好像一直很不舒服……」

即便在這生命最後的終點，他也仍然在寫作嗎？但我聽說遺物當中沒有原稿。

「大概是我們送他離開前一個禮拜吧？松方先生正好就坐在這張長椅上，看起來心情很愉快。我問他，發生了什麼好事嗎？他說，雖然小說沒什麼進度，但至少他寫完了最後一頁，說完就把手上那張畫著格子的紙拿給我看。可是啊，那上頭一個字也沒有。一張白紙。哎，服用止痛藥出現譫妄症狀也是常有的事嘛，那之後他也一直曬著日光浴，身體狀況不錯的樣子。」

全新、潔白的最後一頁。他自夢境與現實的縫隙間無力滑落，然後就這樣——

「哎呀，真想讓他看看這裡的櫻花啊。不過，說不定在松方先生眼中，他早就看見盛開的櫻花了。他是作家嘛，想像力一定非常豐富，而且他老愛坐在這裡。」

他坐在這裡，眼底看著什麼？

除了只長著花蕾的褐色樹梢，和二月冰冷的天空，還有什麼風景？在蟲鳥都不歌唱的冬季尾聲。

這時病房建築的大門打開，一位護理人員探出臉來，朝這邊喊了聲「高槻」。

「不好意思啊，已經到這個時間了。你還有什麼想問的嗎？」

千景小姐從長椅上站起身，朝我這麼問道。

沒有。我搖搖頭說，今天很謝謝您。「我才要謝謝你。」千景小姐回以一個爽朗的笑容。

「如果你不嫌棄，代替你父親看看這裡的櫻花再走吧。只開了三成也很美哦。」

直到千景小姐離開後，我仍然坐在長椅上，雙手插在口袋裡，目不轉睛地仰望著櫻花樹。

不知什麼時候，在一旁蒔花弄草的老人們都離開了，庭院裡只剩下我一個人。我和父親並坐，像這樣看著同一棵櫻花樹。

在一張長椅上比鄰，隔著冬與春、生與死這樣遙遠的距離。

或許該慶幸我沉浸在幻影中發著呆吧，沒多久我便注意到了那東西，就在最低那根樹枝的中段。

有一塊白色的東西卡在那裡。——不對，是被人刻意夾在細小樹枝的分岔處。

我站起身，朝櫻花樹幹跑近。

『宮內曾經想爬到樹上去』，剛才千景小姐是這麼說的。該不會就是這棵樹吧？我環顧周遭，中庭裡仍然只有我一個人。現在行動的話，不會被任何人看見。櫻花樹的樹皮粗糙不平，攀爬上去對我來說輕而易舉。我盡全力伸長手臂，以指尖拔起夾在樹枝分岔處的東西，然後跳下地面。

『他說，雖然小說沒什麼進度，但至少他寫完了最後一頁——』我回想著千景小姐剛才的話，低頭看向指尖捏著的那塊東西。那是被摺疊過好幾次，摺成了一團小方塊的紙。似乎淋過幾次雨，紙張變色起毛，變得凹凸不平。我小心打開它。是稿紙。是松方朋晃在高輪拿給我看過的，那種大開數、多格子的手作稿紙。

誠如千景小姐所說，那是一張白紙。雖然沒辦法確定這是不是宮內彰吾口中的「最後一頁」，但既然藏在這個地方，我想應該錯不了吧。一張白紙——這是自嘲的玩笑嗎？反正宮內彰吾寫不出任何東西，他已經放棄了。是這個意思嗎？如果真是如此，那未免太悲哀了。他大可不必抱著紙筆、假裝自己還在寫作，還不如卸下小說家的武裝，以松方朋泰的身分死去——

不，不對，我忽然察覺一件事。這不是白紙，紙上有兩個格子裡填寫了字跡。有字的格子位於倒數第九行。一對上下引號，中間隔著三格空白遙遙相望。這是什麼意思？是表示沉默、啞口無言的意味嗎？除此之外，紙上一個字也沒寫。

失去了言語，僅留下嘆息——

就這麼從世界上銷聲匿跡。假如這真的是故事的最後一頁，留在這張稿紙上的便是這樣的結局。

父親拖著他沉重的病體，步履蹣跚地前行，最後抵達的就是這樣一片風景嗎？被雨水打溼、變得坑坑洞洞的沙地上，一句不成聲的吶喊。

他是嚥下所有絕望，強顏歡笑著死去的嗎？

無論如何，我都沒有憐憫他的資格；仔細想起來，也沒有任何瞧不起他、輕蔑他的理由。

是時候該回家了。我將那張稿紙重新摺好，塞進口袋，轉身背向那棵櫻花樹。

我在傍晚返抵自家。現在是三月，暖和的白天仍然短暫，一旦入夜，氣溫立刻急遽轉冷。

我先燒了壺熱水，或許是下午一直待在露天中庭裡的關係，寒意仍揮之不去。喝光兩杯咖啡，我才終於感到溫暖了一些。

還是老樣子，我沒什麼食欲，乾脆去洗個澡，直接睡覺吧。

我確認了一下手機，發現有一封新郵件，是霧子小姐寄來的。主旨寫著：明晚方便過去拜訪嗎？

『燈真好，關於宮內老師的遺稿，我稍微做了些考察，大致瞭解了它的全貌。』

霧子小姐在信中寫道。全貌？

『如果可以的話，我想向你說明一下詳情。請問明天晚上方便到你家打擾嗎？』

我在床鋪上坐下，將簡短的信件內文重看了兩遍，仍然不明白這是什麼意思。

不可能是她找到遺稿了吧？假如找到遺稿，信上會直接這麼寫才對。應該是她憑藉先前取得的情報，推測出了小說大概的內容？

《世界上最透明的故事》是一部什麼樣的小說……推測這個又有什麼意義呢？事已至此，現在一切都已經結束了。留作素材的原稿被不知名的犯人燒毀，宮內彰吾也吐露出空虛的對白，一個人獨自死去。事到如今再胡亂猜測，又有什麼——

等我打工下班，傍晚六點後應該會在家。我回完信，往床上一倒，閉上眼睛。

第12章

隔天晚上八點多，霧子小姐來到我家。她穿著明亮奶油色、材質柔軟的大衣外套，內搭針織開襟衫，完全是春天的打扮了。打開玄關門的瞬間，我家混濁的空氣彷彿都被替換成了戶外的新鮮空氣。換作是平時，霧子小姐來訪應該很令人高興才對，但當時的我心情相當鬱悶，臉色大概也很糟。真希望在狀態更好一些的時候與她見面，我這麼想著，還是迎接她進了門。

「不好意思，拖到這麼晚才來，今天是發印日，業務比較繁忙。這是伴手禮。」她將蛋糕盒交給我。我才感到不好意思，在如此繁忙的日子，她根本不必專程跑來處理我無聊的瑣事。更別說這件事也被我扔到一邊去了，連瑣事都算不上。

我泡了茶，將蛋糕裝進盤子。

我先說了昨天到安寧照護中心，與照護員會面的事。霧子小姐靜靜坐著傾聽，眼神中興味盎然。

「所以，宮內最後還是放棄寫作那部小說了，朋晃先生也已經同意結束調查。」

「原來是這樣。燈真，聽你說完這番話，我又更加確信了。」

看見霧子小姐瞭然點頭，我嘆了口氣，說：

「唉，都說過那份遺稿不存在了。原本宮內當作素材的那份稿子，也不曉得被誰燒掉——」

「我知道闖進狛江那棟房子，燒毀原稿的犯人是誰。」霧子小姐斬釘截鐵地說。

我屏住氣息，凝視著霧子小姐的臉。她拿叉子切下一塊戚風蛋糕，吃了一口，才繼續說：

「先前闖進這間公寓，偷走宮內老師的寫作筆記和手機的，也是同一名犯人。」

「是誰？不對，話說回來，妳怎麼知道——」

「我只有間接證據，但應該錯不了。就是宮內老師的前妻。」

宮內彰吾的前妻？也就是松方朋晃的母親嗎？突然冒出一個我從沒見過的人，我頓時大感混亂。

「燈真，你先回想一下當初在狛江碰到的狀況。先進屋的是朋晃先生，對吧？」

我也嘗試在記憶中努力回想。

「晚了二十秒左右，燈真你才從玄關進屋，這時廚房裡只有朋晃先生一個人。」

後門上了鎖，前方還被垃圾桶擋住，表示犯人只可能從後門以外的路線脫身。我們找遍了整間屋子，每一扇窗戶也都還鎖著。除了從玄關逃離之外，想不到其他可能性，偏偏我和松方朋晃都沒有碰見犯人。

「犯人原本在廚房點火，焚燒遺稿，一察覺朋晃先生進了門，就設法躲進其他房間，順利避開了他。然後趁著燈真你抵達之前短暫的時間，從玄關奪門而出，恰好從你的反方向離開，因此沒被你看見——這是你先前提出的假說，沒錯吧？」

「……對。該說是假說嗎？只是想不到其他可能了……雖然聽起來充滿巧合。」

「確實，這個假說也並非完全不可能成立。不過，我還有另一個更合理的解釋，那就是——其實朋晃先生對你撒了謊。」聽見霧子小姐這麼說，我瞪大了眼睛。

「……可是，他為什麼要——啊，不對——是為了袒護他的母親嗎！」我激動到破音，霧子小姐帶著略顯滿意的神情點點頭。經她這麼一說，當時松方的態度確實不太尋常，這麼快就放棄尋找遺稿也有些奇怪。

「朋晃先生搶在你前面進到屋內時，就先在玄關看見了自己母親脫下的鞋子。」

他立刻明白入侵者是誰，無暇多想，便提著那雙鞋子衝進廚房，撞見了正在焚燒原稿的母親。再過不久，我就會緊跟在他後面進屋，他沒有時間跟母親爭吵。

「於是他從後門放跑了母親？」

「沒錯。事後，他拿垃圾桶堵住後門，還上了鎖，應該是為了替母親爭取穿上鞋子逃走的時間。」

萬一我追上來之後，馬上就打開後門確認，犯人的身影說不定會被我看見……他在情急下做出了這個判斷，畢竟也不曉得我何時會趕到。

只是這麼一來，整棟房子等於變成密室了。

「要是後門開著，只要說犯人從這裡逃跑了就好。偏偏他臨時掩飾，引發了後續的疑雲。」

「可是，那個女人是怎麼進到屋裡的？該不會宮內離開時真的忘記鎖門了吧？」

「不是的，老師的前妻應該持有鑰匙。我記得你說過，老師遺失了那棟房子的鑰匙對吧？」

「對，當時琴美小姐的確是這麼說的。因此，她才會把自己的鑰匙交給宮內。」

「我想那不是遺失——而是被前妻偷走了。」

我倒抽一口氣。松方說過，他母親會擅自翻看手機和錢包。

「宮內老師在十五年前開始和郁嶋小姐交往，當時他尚未離婚，前妻應該有不少機會偷走鑰匙。」

我毛骨悚然。偷走丈夫情人家的鑰匙是妻子的報復嗎？還是為了更積極的——舉例來說，沒錯，非法入侵。

「等一下，那她有辦法進到這裡偷走記事本和手機，表示她也有我家的鑰匙？」

母親在多年前買下這間公寓的時候，她還沒生下我，也仍然與宮內密切交往。假如宮內彰吾經常來訪，我母親將備用鑰匙交給他也沒什麼好奇怪。宮內彰吾的妻子，很有可能就是伺機偷走了那把備用鑰匙。

「恐怕是這樣沒錯。還有一點，你說過她會擅自翻看朋晃先生的私人物品，那麼她很可能偷偷操作過朋晃先生的手機，調整轉寄設定，將他的郵件自動轉寄到她的信箱。所以她才能在那個時間點得知狛江住宅的地址，搶在你們前面趕到。」

我啞口無言。沒錯，我確實是在當天早上才將狛江那棟房子的地址寄給松方。

我杞人憂天地擔心，萬一提前將地址告訴松方朋晃，他會拋下我自己一個人出發去尋找原稿，所以才遲疑不決地一直拖到了當天。假如前一天我就把地址告訴他，松方的母親也會提早得知遺稿所在地，我們在狛江那棟屋子裡，就只會目擊到一團灰燼了。我多餘的戒心，釀成了當天那場錯身而過的意外——不，甚至不只是錯身而過，松方朋晃確實已撞見了他的母親。

「為什麼她寧可做到這個地步，也要燒毀宮內的遺稿？是因為她憎恨宮內嗎？」

「我想是她已經察覺，宮內老師人生中最後一部小說是為誰而寫的了吧。那個對象不是她，也不是她的兒子。她無法接受，因此想徹底抹消這部小說的存在。」

為誰而寫的？這是什麼意思？

「我無法確定實情究竟如何。我說這些不是要告發她，一切只是我的推論，沒有任何直接證據。」

霧子小姐放輕了聲音這麼說完，垂下眼睫，靜靜注視著桌上那杯冷掉的紅茶。

「即使再怎麼責備老師的前妻，那份遺稿也不可能回來了。」

只要未來不會再受到危害，我也都無所謂。

我只想知道小說的事。前妻不惜觸犯法律，也要從這世上抹消的，究竟是什麼樣的小說？

這時候，霧子小姐察覺了我攀附浮木般的目光，輕輕嘆了口氣，再一次開口：

「我先向你致歉。我對那部小說的內容一無所知，故事、背景設定、登場人物都不清楚。」

「咦……噢，好的，沒關係……？」那她為何還說，她掌握了那部小說的全貌？

「我真的好羨慕讀過那份原稿的郁嶋小姐。」

「那麼，霧子小姐，妳發現了什麼呢？小說的主題之類的？」

一陣短暫的沉默。我見過霧子小姐露出這副神情幾次，明白她正在心中慎重地揀選她想說的話。

過不久，她默默站起身，將兩人份的空盤端到流理臺，清洗乾淨後才走回來。她重新坐到我對面的坐墊上。

「燈真，這會是一個複雜又漫長的故事。不過如果你願意聽，我會很高興的。」

我點點頭。無論什麼都好，我只希望她所說的話，能替我為這一切做個了斷。我想藉此斬斷父親死後，我四處奔波，卻淪為徒勞的這一個月；也斬斷母親亡故後，不下雨也不下雪，乾涸至極的這兩年光陰。

「一切的契機是——對了，首先是京極夏彥老師那件事。」霧子小姐娓娓道來。

「妳是說我們去推協的那天？」突然出現意料之外的名字，讓我有點不知所措。

「是的。據粕壁老師所說，宮內老師曾經想找京極老師商量他寫作上的問題。」

霧子小姐從她的包裡一一取出幾本書籍——是《鐵鼠之檻》和《邪魅之雫》。

「京極老師會使用桌面排版軟體寫作，連排版工作都自行完成。因此，起初我以為宮內老師也想效法京極老師自行排版，或許他想自費出版這一部作品吧？K出版社的東堂先生也說，宮內老師曾問過他，是否能在書籍已經裝訂完成的狀態下進行校對。如果是自費出版，就很容易滿足這一類較為任性的要求。然而，隨著你的調查逐漸推進，我發現似乎不是這麼回事。」

霧子小姐將書籍擺在桌上。仔細一看，新書判和文庫版這兩種開本都到齊了。

「根據粕壁老師的說法，當時宮內老師是這麼詢問京極老師的責任編輯。要改版推出文庫本的時候，是不是只要把內文輸入進去，軟體就會自動改寫文章了？」

我搜尋造訪青山那天的記憶。

他確實是那樣說的。後來，聽說沒有那麼方便的功能，一切都要靠人工修正，宮內還大失所望。

「宮內老師打從一開始就只討論改版推出文庫本的話題，讓我感到不太尋常。」

霧子小姐的指尖，若即若離地撫過那兩本不同開本的書封。

「不是因為他想用新作文庫的方式出版——」

「不，這段話的重點不是文庫，而是『改版為』文庫——而且他詢問的對象是京極老師。」

我偏了偏頭，聽得一愣一愣，不太明白她的意思。這兩者難道有什麼不同嗎？

「京極老師為了盡可能提高閱讀流暢性，對於自己的寫作方式有嚴格要求，這你知道嗎？」

「呃，我是覺得他的小說篇幅較長，文風也很厚重，但讀起來完全不會疲倦。」

「對哦，差點忘了，燈真你只能看電子書。」

她將厚重的新書判版本砰地放在我面前，我不禁感到壓力。

電子書的版面會隨著裝置而改變，難以看出作者的用心，這方面得看紙本書才行，霧子小姐說。

「比方說，我今天帶來的這些書裡，絕對沒有任何句子在翻頁時跨到下一頁。」

「絕對沒有……？真的假的？」

「真的，對開頁面的最後一行，永遠是句子的結尾。你不妨自己確認看看吧。」

在霧子小姐的敦促下，我四處翻動新書判的《鐵鼠之檻》，稍微讀了一會兒。真的就像霧子小姐說的一樣。無論翻到哪一處對頁，句子永遠在最後一行漂亮收尾，下一個對頁的第一行必定是新一句的開頭。

「這只是其中一個例子，京極老師的書中還藏著更多用心之處，讀者不一定能在第一眼就看出來。例如行首行末避頭尾的處理、減少標點懸掛等等，為了提升閱讀流暢性，他定下了十分嚴格的寫作規則。不過，京極老師可怕的還在後頭。」

霧子小姐邊說邊拿起了文庫版的《鐵鼠之檻》，擺放在它的新書判版本旁邊。

「換成了不同開本，每一頁的行數與字數也都會隨之改變。為了新書判量身打造的版面編排，一旦直接搬移到文庫本，就會全部亂掉了。京極老師如何處理這種狀況呢？在作品收錄為文庫本時，他會將每一頁、每一行都重新整理過一遍。」

「全部——全部重整嗎？」我不敢置信，拿起文庫版對照了一下。確實沒錯，文庫版的句子也從來不曾在對頁的最後一行被截斷。

我的眼睛開始刺痛，只得放下手中的書本。霧子小姐喘了口氣，繼續說下去。

「其實不只是京極老師，除此之外本來就有許多作家會趁著推出文庫版時，大幅修正自己的作品。不僅是推敲文句，還有人連人物對白、故事走向都會修改。」

不如稱之為改訂版更貼切吧。

「不過，說到文章的排版設計，還是以京極老師最為知名，因此宮內老師才會專程去請教他吧。」

詢問他有沒有什麼輕鬆排版的方法，是否能運用文書軟體自動替他修正句子。

「也就是說，宮內當時也想比照這個規則寫作小說，是嗎？」

霧子小姐露出略顯哀傷的神情，搖了搖頭。

「若是如此，他聽說得全程靠人工修正時根本不必絕望，只要有樣學樣手動排版就行了。」

宮內彰吾卻直到最後都無法寫成。他四處傾吐喪氣話，身後只留下一張白紙。

「宮內老師所定下的寫作規則，恐怕遠比這更加嚴格，甚至必須從根本上改變寫作方式。」

剛才她描述的這些規則，在我看來已經嚴格到令人吐血了。還要比這更嚴格？那會是什麼樣的規則？說到底，這也太——

「這麼嚴格的規則有意義嗎？如果寫不出來就本末倒置了。」

「如果是一般的小說，那確實沒有意義。但《世界上最透明的故事》，真的是一部特別的小說。」

同樣的一句話，她已經說過好幾次了。煩躁感使我的太陽穴一抽一抽地發痛。

「特別……那它特別在哪裡？」

「在世上茫茫人海當中，宮內老師只為了一個人，想方設法要完成那部小說。」

只為了一個人，我凝視著霧子小姐顏色淺淡的嘴唇。在這世上，只為一個人。是——是母親嗎？若真是如此，有些事似乎能夠原諒了。我在失去天花板的屋子，茫然蹲坐原地的這兩年，也終於要劃下句點。

「也就是老師曾經意圖殺死的那個人。」霧子小姐說道，聲音像吐息一樣輕。我什麼也沒問，短暫陷入了沉思。宮內彰吾在多年前曾經意圖殺人的事，我已經從許多人口中聽說過了。然而在他們之中，沒有任何一個人知道差點遇害的是誰。

「霧子小姐，難道妳知道那個人是誰嗎？我實在想不透……妳是怎麼知道的？」

「答案顯而易見，幾乎已經明擺在眼前了。燈真，講到宮內老師差點殺了人的事情，你還記得七尾坂老師當時怎麼跟你說的嗎？宮內老師曾經向七尾坂老師描述具體的殺人手法，連細節都不放過——他說，他要『將凶器刺進腹中，把手腳和身體都四分五裂，血肉連著內臟一起掏出來』。我聽你轉述這番話的時候，越想越覺得有些蹊蹺。你不覺得這順序有點奇怪嗎？」

「順序是指，那個——傷害對方的順序嗎？」話題有點血腥，我提心吊膽地問。

「是的。將凶器刺進腹中之後，理論上直接將血肉和內臟一起掏出來就好了，中間卻多加了一道『把手腳和身體四分五裂』的程序，一直讓我感到不太對勁。」

為何要在意這麼瑣碎的細節？

「當然，其中或許沒有那麼深的含義，七尾坂老師也不一定精準記得宮內老師所說的一字一句。」

那畢竟是酒席間的對話，而且人也不可能隨時都按照邏輯、條理分明地講話。霧子小姐卻依舊帶著一如往常知性的目光，繼續說了下去。

「但按照字面解釋這一切，便能看見答案。」

按照字面。將凶器刺入腹中，在這時將手腳和身體都四分五裂，然後連著內臟一併掏出。

我倒抽一口氣。將手腳和身體在腹中切斷，然後連著胎盤和血肉一併摘出——

「沒錯，這是墮胎的順序，是對於發育到懷孕後期的胎兒進行人工流產手術的據實描寫。」

那是二十年前，墮胎技術和相關認知都尚不成熟。對宮內而言，這就是殺人。宮內想讓對方拿掉——最後仍產下的孩子。

「也就是說，燈真，老師意圖殺死的不是別人，正是你啊。」

霧子小姐的聲音空虛地迴響。差點殺掉，卻沒動手。東堂先生說，那是因為孩子的媽哭著求他。

那不是正妻，而是我的母親？不造成你的困擾，也不要你的錢，讓我生下他。母親哭著這麼拜託宮內彰吾。

「所以可以想見，那部小說也不是為了別人，而是為了燈真你而撰寫的故事。」

「不對啊，請等一下。為什麼是我？如果是為了我母親——那我還可以理解。」

宮內口中說的殺人未遂，指的是逼迫我母親墮胎的事。到此為止還說得過去，但除此之外，不都是霧子小姐毫無根據的想像嗎？

「我甚至沒見過宮內彰吾一面，他想必也連我長什麼樣子都不知道。他讓我母親懷上孩子之後就不聞不問，連撫養費也不願意付，根本沒有理由為了我寫下他人生最後一部小說啊。如果是為了我母親還算合理，他們畢竟有過男女關係——」

我多希望那部小說是為了我母親而寫。若不是這樣，那個人未免也太可憐了。

可是，霧子小姐卻以哀傷的目光注視著我，無奈地搖了搖頭，然後繼續開口。

「我之所以如此確信，是因為我在此之前，早已多次聽燈真你談過自己的狀況，再搭配上你先前收集到的情報，反覆對照、推敲之後得出的結果。燈真，所有證據都指向你。無論是惠美小姐的事、宮內老師遺留下來的物品、許多人的口述，其中最重要的關鍵在於——你那雙眼睛的狀態。」

她這麼說讓我完全意想不到。我的眼睛？為什麼要在這種時候提起我的症狀？

「燈真，我認為你眼睛的狀況非常特殊。但由於這種症狀對生活的影響不大，我猜測你先前應該也沒有到專門的機構或大型醫院，去做過詳細的眼睛檢查吧？」

霧子小姐湊過臉，這麼問我。

「……對，妳猜得沒錯。畢竟除了無法閱讀紙本書以外沒什麼大問題，而且也不是完全不能讀。」

「首先，光是看紙本書會感到眼睛刺痛，電子書卻不會，就已經十分特殊了。」

情況恰好跟你相反的人倒是相當常見——霧子小姐補充道。

「或許是吧，但我實際上的症狀就是這樣。」

「更奇妙的是，你居然能夠順利閱讀校樣。我記得你會協助令堂做校正、校閱的工作吧？」

這麼一說，好像確實是有點奇怪。只是在此之前，我從來沒有注意過這回事。

「在學校也是，雖然課本看得很辛苦，但你能夠正常閱讀考卷，所以至少還能順利畢業。」

「是的。可是，這和我們正在討論的事有什麼關係嗎？」我又開始感到煩躁了。

「還有那本書——《魔法使多多》那件事。」

從霧子小姐口中說出了意想不到的書名，我頓時大感驚訝。

《魔法使多多》是不久前我和霧子小姐閒聊時提及的書，是一部專門寫給兒童看的奇幻推理小說。

「你說你住院時閱讀了大部分內容，出院之後才讀到『讀者挑戰書』，對吧？」

「沒錯。可是，這又怎麼……」

「然後，我記得你說『挑戰書』那一頁上直接寫出了兇手是誰，讓你很失望。」

「呃，對……不過，那是我誤會了吧？在那之後，我們不是一起確認過了嗎？」

「不，你沒有誤會。我上次展示給你看的是電子書的版本，所以我們才沒有注意到問題在哪裡。今天，我特地帶了紙本書過來。」

《魔法使多多》的單行本被放在我面前。偏小的開本似曾相識，亮面的書封上畫著一名眼神銳利的美少年，我想起了住院期間嘗到的絕望感。當時的我一心以為自己的視力不會恢復，一輩子都得活在朦朧的幽暗之中。但後來，光明回來了。

母親眼眶含淚，為我高興。一恢復視力，我最先拿起的書就是這本《多多》。

「總之，請你看看『讀者挑戰書』的那一頁吧。」霧子小姐說著，翻開貼有標籤的頁面，將它拿給我看。被方框圍繞的粗體字訊息，就印在對開頁面的正中央。

『故事進展到這裡，所有線索都已經浮出水面，聰明的多多也已經找出真正的兇手了。那你知道兇手是誰了嗎？一起猜猜看吧！』——接著，霧子小姐指向對開頁面左側那片寬廣的留白部分，看著我的臉，說：

「就是這裡。燈真，十歲時的你就是讀到這裡的字，才意外得知了真兇是誰。」

「這裡？呃，可是這裡什麼字也沒有——」話說到一半，我不禁閉上嘴。確實，那一頁霧子小姐所指出的部分什麼也沒寫。上面一個字也沒印，只有一片空白。

我卻——透過紙頁看到了字。

那是多多的臺詞。兇手就是你吧，市長先生。我早就看穿一切了，現在就是你接受制裁的時候。

那是位於下下頁的字句，因為這是紙本書——印在正下方的文字也會透過來。這是當然的。但此刻意識到這件事，文字卻顯得特別刺眼。

我抬起臉，目不轉睛地回望霧子小姐的臉。

「印製書籍的紙張並沒有那麼薄，透過紙面的文字也模糊不清，不仔細看就沒辦法判讀。」

對普通人來說是這樣——霧子小姐以近似嘆息的聲音補充道，稍微頓了一頓。

「可是燈真，你的眼睛非常特別。我猜，你的眼睛對於『視覺對比』很可能過度敏感了。」

我顫抖的指尖伸向自己的下眼瞼。對比過敏——自從動過那次手術後開始嗎？

「我猜測，這應該是腦部手術的後遺症吧。」

我的手自耳朵邊緣撫向後頸，這一道切開疤痕已近乎消失。

「因為隱約看得見，大腦下意識想去解讀它，所以你閱讀紙本書時，才會感受到強烈的疲勞感。」

我瞇細眼睛審視書頁。確實能看見底下的字，意識到這點之後更容易辨到了。空白部分對我而言宛如水面。

「……是的，我看得見。背面印有文字的部分成了鏡像文字，讀得很不舒服。」

「自從在推協辦事處，你一眼看出信封裡多了一張會員證，我就如此確信了。」

沒錯，我從小眼力就好得不可思議。幫忙校對工作的時候，母親也經常因此誇獎我。沒想到一切居然會以這種形式串連在一起。

「這也能解釋為什麼你可以順利閱讀校樣，而不會感到不適——因為，只要紙張不重疊在一起就沒問題了。你幫母親檢查校樣的時候，應該是一張一張拿起來看的吧？考卷也是同樣的道理。只有紙本書這種形式，會對你的眼睛造成負擔。」

我聽得目瞪口呆，只能茫然地點頭，感覺就像被剝去了一層腐朽壞死的皮膚。

「你還說過，你能順利讀完的紙本書，只有《春琴抄》這一本。那不是因為這部小說的篇幅比較短小，而是因為它幾乎不換行，每一頁的絕大部分都被文字密密麻麻地填滿了。印有文字的部分，即使背面和底下透過來的內容進入眼睛，你也相對不容易意識到它的存在，因為表層還有更強烈的對比刺激。只有從空白部分透過來的文字，會使得你的眼睛產生過度反應。」

我甚至感到背脊發涼，這個人真的遠不只是敏銳、聰明這種詞彙足以形容的。

不久前，霧子小姐曾經說過的那句「感覺和燈真你的距離拉近了不少」，原來是這個意思。她收集這些零碎的情報，一片一片鋪在通往真相的漫長道路之上。

我在震驚中六神無主地呢喃：

「經妳這麼一說，許多現象好像都有了解釋。霧子小姐，我想妳說得應該沒錯，但這又怎麼——」

「宮內老師之所以費盡心思，是因為他說什麼都想讓燈真你讀一讀他的作品。」

霧子小姐將手放在那本童書的封面上，柔聲對我這麼說道。

她的目光落在與書名相同的作者名字上頭。

「《多多》是他特地為此而寫的書。聽說燈真你不願再閱讀它，宮內老師肯定很失望吧。」

「請等一下。特地為此而寫？這是一部童書吧，跟宮內彰吾完全沒有關係……」

「咦，你沒發現嗎？」霧子小姐微微睜大眼睛，略顯詫異地來回看了看童書封面和我的臉。

「魔法使多多，就是宮內老師呀。這是他本名的重組詞，你念念看他的名字。」

我一時說不出話。松方朋泰（ma tu ka ta hou ta i），魔法使多多（ma hou tu ka i ta ta）。

我這雙眼睛只是徒然敏銳，對於明擺在眼前的真相，卻……

「出版時他曾說，這本書是為他兒子所寫的。那時朋晃先生已是大學生，不是看童書的年紀了。」

為了我？騙人，怎麼可能。他不是把母親和我拋在一邊，向來都不屑一顧嗎？

霧子小姐的說話聲逐漸朦朧。

「想為了燈真你寫一本書——我想，這也許一直都是老師內心未竟的遺憾吧。」

我眼睛的特殊情況，以及能夠閱讀電子書的事……宮內彰吾是否全都知道了？電子書再怎麼說也不適合送禮，想隱瞞送禮人的話就更不用說了。所以他才想撰寫一本我也能閱讀的紙本書——是這個意思嗎？

「想要做到這件事，有兩種辦法。第一是像《春琴抄》那樣，把整個頁面用文字填滿，不留下空白的部分。但這是谷崎潤一郎那種文體才能夠使用的方法，而且最重要的是，燈真，你說過《春琴抄》的文字密度太高，你並不喜歡，對吧？」

我確實這麼說過，不過是對著我母親說的。母親她——再告訴了宮內彰吾……

「假如寫出一本燈真你不愛讀的書，那就本末倒置了。因此，宮內老師選擇了第二種辦法。只要空白部分的背面，以及下一頁同樣的位置都沒有文字就可以了，所以他將所有對頁的版面都設定為完全相同、左右對稱的形狀。當頁面重疊時，放眼書頁上任何地方，文字的背面必定印有文字，空白處的背面必定還是空白。這麼一來，就不會有文字再從空白處透過去了。」

我下意識屏住呼吸。想像中的畫面傾軋著將我重重包裹，逐漸浸透我的內在。文字有如磚瓦般緊密無縫地堆砌，形成一堵綿延不絕的牆，橫跨數百頁，而存在於那之間清澄透徹的空白不斷延伸、不斷延伸，一直到書本的末尾，那是——是《世界上最透明的故事》。

本應是為了這世界上唯一一人，為了我而寫的故事，最後卻還是沒能完成，被帶進了棺材之中。

我將視線垂落到桌面上。童書光亮的封面，正淺淺反射著來自天花板的燈光。

「……為什麼。為我寫書？他明明拋棄了我和我的母親……」

「燈真，我想，那恐怕只是你的想像而已。」

我聽了頓時感到血液衝上腦門。妳懂什麼？我差點脫口而出，霧子小姐卻逕自說了下去：

「宮內老師他始終把你放在心上，即便他沒辦法當面見到你也一樣啊，燈真。」

腦部手術的費用也是宮內老師支付的——當霧子小姐這麼說，我發出了幾乎破音的嘶喊。

「為什麼要——請不要再擅自揣測了！妳又有什麼證據，怎麼能隨口胡說——」

「朋晃先生曾經拿老師的存摺給你看過吧？」

她淡然說道，我想起那個首筆資料是一千萬圓款項的戶頭。

「燈真，你說那一千萬圓匯進了由『M）東京』開頭的帳戶。法人簡稱當中，M代表醫療法人。」

我的手從桌面上滑落，沉進毛絨地毯。宮內彰吾向醫療法人支付了一千萬圓。

一千萬？手術費用那麼貴嗎？

「你接受的是採用光化學動力療法的腦部手術，當時不在保險的給付範圍內。」

霧子小姐心痛地垂下目光這麼說道。我再一次下意識撫摸後頸上的手術疤痕。

「惠美小姐負擔不起如此龐大的金額，走投無路下，她只能向宮內老師求助。」

「斷絕聯繫」的決心即使被打破——也在所不惜。

「根據你訪查到的情報，那段時期老師他投資不動產失利，幾乎沒有多少資產。恐怕是為了將能夠換取金錢的唯一一棟房產，也就是目黑的自家住宅賣掉，他才決定離婚吧。為了立刻拿到現金，他蒙混了財產分配額，將錢移到那個帳戶。」

「……可是，那……那我母親長期匯錢到宮內的那個戶頭裡，又該怎麼解釋？」

「只讓老師一個人支付那筆手術費用，她心裡可能過意不去吧，我猜惠美小姐是想積沙成塔，一點一滴還清這筆錢。另一方面，宮內老師肯定也很清楚她還得負擔家裡的開銷，經濟上不算非常寬裕，所以抱持著心意到了就好的心態。但若是惠美小姐堅持要償還的話，他也不會拒絕。因此，那個帳戶自從支付醫療費用之後，就從來沒再動過，他甚至沒有核對過帳目。」

所以即使我母親過世，匯款斷絕，父親也一無所察，渾然不知她已經死亡——

我的思緒躁動不安，霧子小姐的嗓音顯得無比遙遠。有些東西正一塊塊剝離、崩落，和那些正在從內側萌芽生長的情緒互相牴觸，磨得吱嘎作響，教人發痛。

包裹著我的世界正幽幽啜泣。

我被切開的傷口，由那男人身上榨取的血液填滿，由那男人身上削下的骨肉縫合。母親也知道。

她在知道這些的情況下，將那男人撰寫的小說拿給我，若無其事地讀給我聽。

「老師覺得自己理所當然該支付全額，因為他是你的父親。」

自泡泡薄膜之外，傳來溫暖朦朧的說話聲。

「他希望你康復之後，再繼續閱讀他的書。雖然因為眼睛症狀的關係，這願望沒能實現。」

對了，那時我好喜歡《魔法使多多》這本書，一直到手術前都讀得渾然忘我。

父親聽母親轉述過我這副模樣嗎？在我失去光明之前的短暫期間，父親也曾為此喜悅嗎？

「被醫師宣告時日不多之後，他下定決心，想再次為你寫書，然後靈光一現。」構思了《世界上最透明的故事》這個幻象。

霧子小姐稍微吁了口氣，從包包裡取出一張摺疊整齊的紙。

是宮內彰吾自己製作的那種大張稿紙。散見於各處的粗格線，現在看起來彷彿從紙上微微浮起。

「這會是一部高難度的作品，老師也心知肚明。他肯定嘗試過了各種方法吧。」

她的指尖撫過格子間的界線。

「首先，老師照常寫了一部長篇小說，想以此為底本，將它編排進版面當中。」

這就是厚達六百二十二張稿紙的「素材」，琴美小姐讀過的那部平凡的小說。由於格式規定過於嚴格，不可能補寫後續想到的必要劇情或敘述，所以他先腳踏實地地完成了一部小說，將故事寫到最後結局。

「這種自製稿紙為三十五字×三十四行，字數和行數都與書籍版面的對開頁面差不多。稿紙各處的這些粗線，正好都位在整個版面左右對稱的位置。寫作時，只要在粗線那一格結束句子，換到下一行，就能讓整本故事變得完全『透明』。」

然而——霧子小姐以於心不忍的聲音輕聲呢喃著，將那張稿紙擱在了大腿上。

「要遵守如此嚴格的格式規定，寫出符合邏輯的流暢小說，必須經過繁複到令人難以想像、望之卻步的仔細推敲。老師或許判斷以手寫方式完成它是天方夜譚，於是嘗試使用陌生的文書處理軟體，也試圖請教京極老師有沒有自動調整版面的方法。但宮內老師的病況逐步惡化，服用抗癌藥物肯定也讓他很不舒服。就在摸索的過程當中，宮內老師用盡了他剩餘的時間。」

最後，他放下了一直以來緊握的筆桿，在溫柔的睡鄉中，靜靜等候春天來臨。就這樣，只留下了書名，那個人在櫻花開放之前化成了灰燼，像我母親一樣。虛無感朝我湧來，刺痛我的皮膚，花瓣在風中捲成漩渦，被吹散成漫天的風雪。

這種事——我根本不想知道。

一個花心渣男拋棄了我的母親，不知在哪寫了些不知名的小說，自己病得不成人形，獨自死去。

如果是這樣該有多好。若故事只是這樣，我還能嗤笑著闔上書本。為什麼……

「……霧子小姐，這都是妳的想像吧？應該——沒有證據？」

我好不容易才擠出這句話，不敢看她的臉。

「是的。畢竟是亡者內心的想法，我擅自猜測或許很不知分寸吧。」霧子小姐平靜地答道。

「即使事情真的是這樣，也沒有任何意義啊，難道不是嗎？人都已經死了……」

我感到憤怒，肋骨內側熱得像火燒。我明白這是在遷怒，卻無法阻止自己吐露這些想法。

「不會，這還是有意義的，畢竟書名和點子都保留了下來。」霧子小姐這麼說。

「只剩這些又有什麼用？」我放任憤怒啐道。

「接著由你將它寫出來就行了。因為這是為你而寫的故事。」

我回望霧子小姐的臉，想確認這玩笑話有什麼用意。然而從她臉上，我卻完全讀不出任何表情。

她看著我，眼神彷彿目送河水自源頭流向海口，沿途的曲折風光都盡收眼底。

「怎麼可能，我根本沒經驗。」

「你當然能寫，我看得出來。因為燈真，你是能以言語刺中聽者心臟的人呀。」

霧子小姐說了和不久前相同的一句話。搞什麼？我聽了只覺得越發煩躁不耐。

「說難聽點，這點子也不過是平白折磨人的寫作規則而已。太愚蠢了。」我隱約明白這種話說不得，但惡毒的話語仍然脫口而出。

「為了讓我閱讀？他直接把自己的著作拿來給我看就行了。他大可以印刷在厚紙上，也可以直接給我數位檔，辦法要多少就有多少。他就這麼見不得人嗎？遮遮掩掩的，為此吃了一堆苦頭，結果到頭來小說也沒完成，就只是個傻子而已。」

我真的氣到火冒三丈。父親他之所以這麼做，肯定是覺得自己無顏面對我吧。

我對此非常清楚，但還是氣得怒火中燒。假如他想為兒子做些什麼，那第一步應該是來見我，承認自己是我的父親，直接和我對話才對吧。難道就這麼害怕被我埋怨、責備、鄙視嗎？太愚蠢了吧，我怎麼會做出那種事？根本不可能，因為他只是個素未謀面的陌生人，因為我從一開始就不曾擁有過父親，因為打從出生開始，家裡一直都只有我和母親兩個人相依為命。

單方面地擅自斷定我會如何看待你，繞了一大圈遠路，最後就這麼黯然死去。這麼做，你或許算是滿足了吧。或許帶著竭盡全力掙扎過，儘管達不到目標，但至少努力到了最後的表情，心滿意足仰望著櫻花樹的花蕾。而我卻懸在半空。孤身一個人，哪裡也去不了。

「……燈真，你說得沒錯。如果只是為了把作品拿給你閱讀，這個方法的確迂迴到愚蠢的地步。」

霧子小姐以不帶熱度的嗓音，輕聲這麼說道，言詞間沒有指責，也沒有訕笑。

「可是，宮內老師是位小說家——而且他還是位推理作家。」

我從她的指尖看向書本邊緣、開襟衫衣領。

「他書寫這部小說真正的動機，只是因為它很有意思，因為他想到了讓讀者驚喜的點子。」

朝向故事的結局，整部小說、整本書是那麼「透明」，意象美麗得令人絕望。

「他克制不住想寫的渴望。在這層意義上，或許它甚至算不上是為了燈真你而寫的故事。」

他是個任性妄為的男人。在此之前我訪談過的所有人，都抱持著相同的見解。

他自私、任性——卻是個最純粹的小說家。

一心只有如何寫出讓讀者激動興奮、引頸期盼的推理小說。

在人生最後，生命即將燃盡的那些日子裡，當那男人坐在冬陽下的長椅，陪伴他身邊的幻影——

多半不是任何一個家人，不是我的母親，當然也不是我。而是編輯、作家——以及請求他簽名的熱情讀者。

「克制不住想寫的渴望——這種心情，也還殘留在世間呢。在我們的內心裡。」

霧子小姐這麼輕聲說道，將四散在桌上的書本收了起來，只留下了一本童書。

「……就算妳要我寫……但是，宮內彰吾不是只留下了排版規則而已嗎？這些和故事內容完全沒有關係，那我又該寫什麼才好？」

「直接把至今發生的所有事情，原原本本地寫出來就可以了吧。」霧子小姐說。

我抬起臉，承接她的視線。我從來不曾見過她露出這種表情，前所未有地溫柔，卻彷彿隔著一層遙遠的水面，眼睜睜見證著我在水中掙扎，往更深處不斷溺陷。

「你奔波了這麼久，一路上造訪過許多地方，聽許多人講述過他們的見聞吧。」

至今發生的事。在我母親死後，父親也死了，身後只留下未完成的作品和意義不明的標題。我為這件事四處奔波，訪問各式各樣的人，撿拾死者話語的碎片，將它們拼拼湊湊，最後抵達霧子小姐所指出的空洞答案——像這樣的故事。它不通往任何地方，只是在連花朵也不綻放的荒涼風景當中，逐漸汽化、逐漸透明。

「那麼無聊又乏味的故事，哪有人會想看啊……」

我以乾涸發啞的嗓音喃喃說。我的憤怒已經徹底乾燥、脆裂，即將化為塵埃。

「燈真，難道你就不想看嗎？這可是你父親特地為你而寫的故事哦，是那個享譽文壇的宮內彰吾老師，不惜拚上自己的性命，殫精竭慮也要讓它面世的點子。」

我緊緊咬著下唇，只是搖頭。

我不想要那種東西。我想要的東西更理所當然，是枯燥無趣、平淡如水，周而復始的日常生活。

即使沒有你在，我和母親也一點都不在乎，兩個人好好地生活了這麼多年——我明明希望能這麼想，明明想忽視那個人，繼續生活下去。

如今這也不能如願了，因為我已得知一切。

霧子小姐站起身，披上大衣。準備離開的時候，她忽然回過頭來，面帶著微笑這麼說道：

「燈真，我很想看看由你執筆的那個故事。……比世界上任何人都還要更想。」

直到她離開之後，我仍然抱著自己的雙膝，躬著背坐在地毯上，凝視著那本童書的封面。

不曉得過了多久之後，我將手伸向那本《魔法使多多》，默默翻開它的封面。

在扉頁之後的那一頁上，寫著這樣的獻詞。

『獻給變成大人之前的你——和許久以後，變成大人的你』。

當年還是個孩子的我，壓根沒發現在小說精采的故事開場之前，多餘的頁面上還寫著這些文字。

這世上存在著許多只有小孩能看見的事物，但同時也有許多是小孩看不見的。

我翻過書頁，打開了第一章。

「1．少年魔法使登場」——接下來的文字，我再也讀不下去，眼睛開始發痛。都是腦部手術後遺症的錯，因為下一頁的字透過紙面，模糊的文字干擾視線。絕不是——絕不是因為某種滾燙而炙熱、燒灼著胸口與喉嚨的東西。我屏住呼吸，將那些一湧而上的感觸全數壓抑回身體深處。

《世界上最透明的故事》並不是這本書。我不會哭，因為那部小說不存在於世上任何一個角落，因為那只是一個骨骼、血肉早已全部化作灰燼的小說家，一廂情願、毫無意義的痴心妄想。——除非接下來，還有哪個好事之徒願意將它寫下。

我顫抖著闔上書本，將手掌放在書封上，放輕了呼吸，靜靜聆聽自己的心跳。

第13章

等到終於完成這部小說的時候，我已經二十一歲了。那段漫長的寫作期間無比苦悶又折磨人，實在是不堪回首。我在書店的打工仍然是每週三天，理應保有許多能夠自由運用的時間才對，寫作進度卻遲遲沒有推進。過程中，我不知已考慮放棄多少次了。這可是身為資深作家的父親都沒能完成的艱鉅工程，對於首次撰寫小說的我而言，有如攀爬一座令人絕望的高山。

開始寫作之前，我一直不明白父親為什麼會把「素材」放在狛江那棟房子裡。在住進安寧照護中心之後，他仍有意願嘗試寫作這部小說。既然如此，按理說他應該把作為素材的那部警察小說原稿放在手邊才對。但是，父親卻沒帶它走。

提筆寫作後，我立刻明白了。

因為想把一部從頭到尾寫完的普通小說，編排進左右對稱的版面當中，完全是紙上談兵的空論。

在多一字、少一字都不允許的嚴格規定面前，絲毫不受規範的文句只會礙事。完全沒有參考價值，不如全部捨棄，從零開始重寫比較快。

即便如此，寫過一遍的東西仍然沒有白費。

因為故事會留在記憶裡，在規範下將它重寫時，這種模糊印象會成為恰到好處的指南針。

父親肯定也在反覆試錯中察覺了這點，所以才將原稿留在狛江，沒把它帶走。

關於我素未謀面的、難解的父親，唯有在寫作方面，我理解他幾乎到了教人害怕的地步。

同時我也由衷感嘆，這個人真傻啊。只是單純的感慨，不是輕蔑也不是嫌惡。

沒想到他居然想光靠手寫完成這樣的作品。

就像拿著一把鑿子挖掘海底隧道一樣，花一百年也不可能。

我還有母親遺留下來的強大文書處理軟體，也明白動筆前做好準備工作，是最重要的一個步驟。

首先，我從最重要的一幕當中，決定好最重要的那一頁，先從這裡開始執筆。

此時就已經需要定下規範了。

「透明」是最大挑戰，為了這個效果，得在寫完之後將這一頁的版面左右反轉。版面必須在反轉之後仍然能寫出正常的文章，符合條件的形狀其實相當有限。成為全篇雛形的版面，就在這時確定下來。我對這件事慎之又慎，萬一寫到一半陷入僵局，就必須捨棄全部的進度從頭來過了。

「原形」完成之後，接下來要將它截成圖片。我將頁面上必須保留空白的格子用淺色四方形填滿，然後擷取螢幕截圖，再刪除掉頁面之外多餘的部分。這就和父親自行製作大張稿紙想達到的效果是一樣的，不過我懂得善加利用文明的利器。然後打開文書軟體，將上述步驟完成的圖片設定為文件背景，就準備完成了。

接下來，就只要以恰好填滿背景空白部分的字數為目標，一心一意、持續不輟地寫下去就可以了。原以為這部小說要記錄的都是我的親身經歷，寫起來應該很輕鬆才對，事實上卻完全不是這麼回事。我知道太多詳細的來龍去脈，因此刪除冗贅部分、只留下真正必要的描寫，反而成了非常痛苦的一項工作。尤其關於我自己的感受和想法，一不留神總是容易寫得太多。

我究竟在這裡做什麼呢——我也經常不知所措、迷失方向，像這樣自我懷疑。仔細一想，即使我順利完成這部小說，也無法賺到任何一分錢。我不是宮內彰吾，不可能掛著宮內彰吾的名字將稿件寄給出版社。而且這甚至不是我的興趣。過程中不曾有過快樂的瞬間。

我只是一個勁地寫下去。也有過一整個月只寫完一張對頁的時候，但我仍像挖掘沙丘那樣寫作。

寫小說是看不見終點的勞動，它近似於祈禱，與其他任何一種活動都不相像。無法選擇將字句和念想傳達給誰，也不知會不會有人聽見。

即便如此，我依然別無選擇地繼續寫下去。

在二月底一個快把腳趾凍裂的寒夜，我終於寫完了。自父親死後，季節又走過一個輪迴。

在一片黑暗之中，我以凍得發僵的手指點開郵件介面，將原稿寄給霧子小姐。

我在隔天早上立刻收到確認收悉的郵件。更驚訝的是，一週後就收到了告知已閱畢的信。

知名出版社的編輯在一週內讀完外行人的小說，這種事一般來說不可能發生。

在那之後，我也一直仰賴著她的好意幫忙。

小說非常順利地敲定在秋天出版，我簡直以為自己在做夢。

但「非常順利」只是看在我眼中的情形，或許霧子小姐在背後付出了無比艱辛的努力也不一定。

此後的細部改稿，她也耐心陪伴我一起完成。我痛切體認到自己有多不成熟。

唯一擔憂的變數是松方朋晃。

《世界上最透明的故事》原本是宮內彰吾所發想的書名，這也是他原創的點子。

我一直很擔心，他的兒子身為著作權管理者，會不會因此禁止我出版這本書。

雖然故事內容屬於我的原創，但貫穿全書的基本點子全都是宮內彰吾的創意，松方朋晃恐怕會主張他擁有其中某部分的權利吧？

「除了極端特殊的情況以外，書名和點子一般不會被視為著作物，以這部小說的案例來說，我相信絕對不會有問題的。萬一真的發生意料之外的情況，我們出版社方面會負起責任與松方朋晃談判交涉，必定會保護燈真你身為作家的權利。」

霧子小姐語氣堅定地說道。我不禁心想，我的責任編輯是這個人真是太好了。

到了六月，松方朋晃突然沒頭沒尾地寄了封信來給我，信上說這些事跟他沒關係，叫我愛出版就自己去出版。我並未主動與他聯絡，想必是出版社方面提前向他打過招呼了吧。「如果你要把我寫進小說裡面，記得寫成好一點的角色喔。」──信末這麼附加道，不過不好意思，這方面的要求我就恕難從命了。說到底，反正他多半也不會去閱讀小說，不可能得知我怎麼寫。

推理協會的粕壁先生也打了通電話來鼓勵我，不曉得是從哪裡聽說了這回事。

『我看人真是太準了，你果然就是宮內老師的接班人。我很期待新書發售哦，之前我跑去聯絡S出版社，要他們讓我先閱讀校樣，結果被深町小姐罵了一頓。』

拜託，別再說什麼接班人了。

『她說，不等到裝訂成書之後再閱讀絕對會後悔。說成這樣，聽得我更期待了。九月出版對吧？』

對、對，謝謝您，屆時再請您多多指教了──我恭敬有禮地說完，掛斷電話。

我很感謝他願意鼓勵我，但雙方的熱情程度實在差太遠了。

被視為宮內彰吾的兒子，總讓我渾身發癢。

但這也沒辦法，畢竟對於粕壁先生而言，目前的我沒有其他價值，甚至還不是個小說家。

等到書籍出版就能見真章了。他會改口稱我藤阪燈真，還是會失望地忽視我？

半夜，我坐在母親房間的書桌旁，對著電腦一行行改稿，頭戴式耳機裡小聲播放著音樂。

整張臉沐浴在螢幕的亮光裡，我敲打著鍵盤，一股不可思議的感慨湧上心頭。

我活到今天，是否就是為了走到這一步呢？

我從來沒考慮過自己的將來，也沒去念大學就出來打工了。

自從母親死後，我每週打三天工，將積蓄見底的日子往後拖延，除此之外只是漫無目的地活著。

我也沒什麼特別的一技之長，除了寫小說之外別無選擇，或許命運注定如此。

雖然還不確定能否成為作家。

「關於這個問題，我也沒有答案。只閱讀一部作品，是絕對沒辦法下定論的。」

在不曉得第幾次開會討論時，霧子小姐誠實地這麼告訴我，我對此非常感謝。

「你的這份原稿寫得非常好，這點我可以打包票。但也有不少人一推出處女作便是震撼文壇的傑作，卻無法持之以恆地寫下去。」

《世界上最透明的故事》這本書都已經不是憑我自己一個人的力量寫出來的了，我完全無法想像自己寫作第二部、第三部作品的情景。目前還在為改稿忙碌倒還好，等到出版作業全部結束後，感覺大雨滂沱般的絕望會把我打擊得體無完膚。

「不過，我很想早點讀到你的下一本作品。」霧子小姐這句話是我最大的救贖。

在改稿的空檔，我也慢慢開始閱讀宮內彰吾的小說。我就在母親的房間寫作，實在難免對擺在書架上的書本感到好奇。自從霧子小姐詳細分析過我這雙眼睛的狀況之後，我閱讀紙本書也比較不容易感到疲倦了。主要是我學會了一些變通的技巧，比方說只留下間接照明，將紙頁稍微抬高一些，或是盡量放輕鬆，不要意識到背面的文字等等，方法其實比想像中還要多。

我認同身為作家的宮內彰吾確實很了不起，但他的書不太符合我個人的喜好。該怎麼說呢，我讀起來總覺得，他之所以寫警察小說，只是因為要寫發生在現代日本、調查殺人案件的故事，把主角寫成警察最為真實合理、有說服力而已。

或許我只是在雞蛋裡挑骨頭。

是否參雜了太多個人情緒，因此還無法坦然閱讀呢？身為小說作者，我這種態度好像不太誠實。

這也沒辦法，才剛過一年多，經年累月堆積的東西太多了，一時還難以清除。

要是閱讀時樂在其中就輸了——我心裡還殘留著這種想法。

這根本只是種無聊的倔強，我也心知肚明。

我想起許多人告訴過我，其實所有作家的臉皮都很薄，宮內彰吾絕對也是容易害臊的人。

這也能套用在我身上嗎？不坦率的性格也源自於遺傳——我不太願意這麼想。

等上市日期敲定之後，我聯絡了先前接受我訪談的那些人，那些曾經愛過我父親的女性。

我先打電話給在歌舞伎町當公關的藍子小姐。一聽說確定出版，她大喜過望。

『老師的書要推出了嗎？太棒了！好期待！』

「不、那個，不是宮內彰吾的作品……其實是我寫的小說。」

我解釋了兩遍，但藍子小姐還是聽不太懂。這很正常，整件事太複雜了，一通電話解釋不清楚。

『哎唷算了，反正我絕對會買的。什麼時候出呀？有樣書？你要送我？謝謝！』

我記下她的住家地址和本名。

『要是小說大賣，記得來店裡指名找我玩哦。下班之後陪你喝一杯也可以啦。』

要是這本書真的能夠大賣，那該有多好啊。不過上酒店還是讓我有一點卻步。

我也打了電話通知七尾坂瑞希小姐。由於身處於同一個業界的關係，事情始末她大致上都已聽說過了，向她說明起來相當輕鬆。

『已經敲定出版了嘛，恭喜你，我都從粕壁先生那裡聽說囉。他還特地打了通電話來告訴我，好像自己要出書一樣高興。嘴裡還叨念著接班人什麼的，也不知道他這麼說有幾分認真，不過被他這樣抬高了期待值，我看燈真你也不容易啊。』

「我會加油的……對了，粕壁先生建議過我，最好還是先加入推理小說協會。」

想要加入推協，必須獲得理事（這次是粕壁先生）外加一名會員的推薦。我沒有其他人脈，儘管覺得這麼求助於人有點厚臉皮，但還是順便拜託了瑞希小姐。

『那有什麼問題，包在我身上，這就像回報彰吾的恩情吧。大部分會員加入協會之後，除了繳交會費以外什麼也沒做，不過重點在於協會會員可以加入文藝美術國保，比起一般的國民健康保險會便宜很多哦。』

「太謝謝您了。我現在還什麼都不瞭解，各方面可能都要仰賴您多多指點了。」

『我就趁現在擺個前輩作家的架子，給你一點忠告吧——千萬別變成彰吾那種作家哦。就算你是他的接班人，除了臉和文采以外的一切都萬萬不可以繼承啊。』

「就說我不是他的接班人啦。」

『燈真，你的說話方式和一些小動作本來就很像彰吾了，異性關係方面最好還是多注意一下喲。』

我的天，拜託別說這麼令人不適的話，我根本無從得知她這番話有幾分認真。

接著是郁嶋琴美小姐。她相當忙碌，因此我只寄了封郵件。

誰知到了週末，她竟然主動打了電話過來。

『你自己把它寫出來了呀，真厲害。只繼承了點子是什麼意思？遺稿不是被人燒掉了嗎？』

「這我實在不方便在這裡說明。我會致贈樣書給您，我想您讀過就會明白了。」

『啊原來，是擔心劇透嗎？我知道了，好期待哦。那書名的意義——啊，這也會劇透嗎？』

「對。真抱歉，實在沒辦法透露任何細節，無法報答您大方接受訪談的恩情。」

『這樣反而增加了閱讀樂趣呀，你別介意。』

「不過，琴美小姐，這可能並不是您想看的那一種小說哦。」

『我一直想看的、朋泰先生所撰寫的小說——那當然不是囉，沒辦法。畢竟你不是朋泰先生呀。』

能創作出她真正想看的小說的人，此刻已經不存在於世界上任何一個角落了。

可是——琴美小姐輕聲呢喃。

『這也就表示，我讀到的那份原稿，在真正意義上成為了只屬於我的東西吧？』

這倒也不壞呢。她接續著這麼說道，嗓音聽起來像陷於朦朧睡意中一樣甜美。

安寧中心的高槻千景小姐感覺相當忙碌，因此我也只寫了封信，簡單告知我把父親的事寫成小說了，等出版後再致贈樣書給她。

『我在圖書室裡放了幾本宮內彰吾的作品，會將你的書放在它們旁邊的。』四天之後，我收到這樣一封郵件，信末還附上了照片。色澤明亮的可愛木製書架上，擺著好幾本文庫本，書名清一色充滿了殺意、復仇這些散發出危險氣味的字眼。

這封簡單回信的內容只到此為止，我心懷感謝。她是個剛強與細膩並存的人。

如果是像她這樣的人，在我父親人生的最後，一定也像每天早晨準備早餐那樣自然地照料他、看顧他，送他走完了最後一程吧。當中沒有任何一毫克的愛或憐憫，只抱持著純粹的、職務上的誠意。我已無從得知父親對此有什麼感觸，但我覺得這是個不錯的死法。反正即將啟程到另一個地方去，身外之物都帶不走，只要床鋪乾淨整潔，盡可能減輕疼痛，也就足夠了。

向這些特質各異的女性報告完，我發覺還剩下兩位我最想通知的人尚未聯絡。哀傷的是，其中一位我已經沒有任何管道能告知她了。而另一位根本不需要我通知，早已知道了整件事從頭到尾所有的來龍去脈，甚至比我自己更清楚詳情。

當然就是母親和霧子小姐了。

我母親沒有墳墓，而且反正我不太相信死後還有靈魂的說法，無從告訴她，也無法讀給她聽了。

「如果把這本書拿給惠美小姐閱讀，不知她會作何反應——我真的非常好奇。」

不知修正過第幾稿之後的討論中，霧子小姐忽然這麼呢喃。

「會挑出一堆毛病，然後改得滿江紅吧……」

霧子小姐聽了晃動肩膀大笑起來，緊接著板起臉說「你說得沒錯，還有許多改進空間」。

我厲鬼般的責任編輯再一次精準指出了大量的不足之處，督促我再回去改稿。

像這樣過著不盡如人意的日子，我一點一滴修正原稿，現在也終於來到了最後一張對頁。

與《世界上最透明的故事》相關的一連串謎題，霧子小姐幾乎已全部解開了。不過在我的手中，還剩下了最後一道謎題。

我打開書桌的抽屜，取出那張縐巴巴的紙，將它攤平開來。是手工製作的大張稿紙，被夾在安寧中心中庭裡的櫻花樹上，父親在生涯最後留下的那一張紙。

在幾乎全白的稿紙左側，一對引號孤零零躺在那裡，隔著三格空白彼此相對。據說，宮內彰吾是這麼說的。

『至少寫完了最後一頁』——冷清整潔的庭園裡，他在長椅上盼望遙遠的春天。他這句話究竟是什麼意思？唯有這一道謎題，霧子小姐並沒有為我指出解答。是因為線索不足，她解不開嗎？還是本來就有意將它保留給我呢？我總覺得該是後者。因為說到底，這原本是為我而寫的故事。

「最後一頁」這個說法既然出自父親之口，不如就當作事實吧。實際上，我此刻正準備寫下書中最後一頁，隱約能夠明白他當初想寫下什麼。儘管我仍然不太理解身為父親、身為男人的松方朋泰，但如果是身為作家的，宮內彰吾的想法——

當然這只是我單方面的推測，已故之人的內心想法，任誰都不可能為其代辯。

所以我只代他保管這句話，以我自身的詞句將它記下。

無論看上去再怎麼無窮透明、宛如無物的海，也必定存在著底面。那裡沉積著純淨潔白的細沙，人們也能在沙中埋下言詞。但故事並非為了傳遞言詞而存在，因為就如同祈禱那般，它無法選擇傳遞的對象。只能安靜沉寂、悄無聲息地，在水底持續等待。

只要足夠透明——終將有人會找到那些埋藏的東西。

父親原本想在這片海中沉下什麼樣的語句，我已無從考證。所以這只是我自身的選擇，但我想，父親必定也會選擇同一句話吧。

「　」

送給相知相識，擦肩而過，漸行漸遠的每一個人。

然後道聲晚安。

願你沉眠的枕畔，仍有下一個嶄新的故事。

後記

發行本書的過程中，承蒙各方不吝協助，這本小說才得以順利出版。感謝出版社的各位相關人士，心胸寬大地容許了如此特殊的小說形態。感謝編輯絞盡腦汁幫忙製作造成諸多負擔的版面配置，以及負責校正、校閱的各位，承接在精神和體力上都帶來嚴峻考驗的校稿工作，請容我在此向各位致上最深的謝意。真的非常謝謝。

二〇二二年　六月　筆者

參考文獻

京極夏彥，《姑獲鳥之夏》（姑獲鳥の夏），講談社。
京極夏彥，《文庫版　姑獲鳥之夏》（文庫版　姑獲鳥の夏），講談社。
京極夏彥，《姑獲鳥之夏　電子百鬼夜行》（姑獲鳥の夏　電子百鬼夜行），講談社。
京極夏彥，《鐵鼠之檻》（鉄鼠の檻），講談社。
京極夏彥，《文庫版　鐵鼠之檻》（文庫版　鉄鼠の檻），講談社。
薙彥（ナギヒコ），《京極夏彥追求「易讀性」到此境界》（京極夏彥氏はここまで「読みやすさ」を追求していた），JBpress。

本書謹獻給A老師，

一位為我帶來生涯最驚愕閱讀體驗的作家。

十分高興本書也同樣在新潮文庫出版。

恕我將原本該寫於卷首的獻詞置於卷末，

還失禮地隱瞞老師的名字，僅以首字母代稱。

想必各位熱愛故事奧秘的讀者，肯定能諒解背後的理由。

國家圖書館出版品預行編目資料

世界上最透明的故事【春季限定版】／杉井光 著
；簡捷 譯. -- 初版. -- 臺北市：皇冠文化出版有限公
司, 2025. 04
240 面；21×14.8 公分. --（皇冠叢書；第5222種）
（大賞；169）
譯自：世界でいちばん透きとおった物語

ISBN 978-957-33-4278-6（平裝）

861.57　　114003104

皇冠叢書第5222種
大賞｜169

世界上最透明的故事

【春季限定版】

世界でいちばん透きとおった物語

作　　者—杉井光
譯　　者—簡　捷
發 行 人—平　雲
出版發行—皇冠文化出版有限公司
台北市敦化北路120巷50號
電話◎02-27168888
郵撥帳號◎15261516號
皇冠出版社(香港)有限公司
香港銅鑼灣道180號百樂商業中心
19字樓1903室
電話◎2529-1778　傳真◎2527-0904
總 編 輯—許婷婷
責任主編—蔡承歡
美術設計—嚴昱琳
行銷企劃—薛晴方
著作完成日期—2023年
初版一刷日期—2025年4月
初版七刷日期—2025年11月
法律顧問—王惠光律師

讀者服務傳真專線◎02-27150507
電腦編號◎506902
ISBN◎978-957-33-4278-6
Printed in Taiwan
本書定價◎新台幣360元/港幣120元